U0840349

阳光劫匪

友情测试

〔日〕伊坂幸太郎 著
代珂 译

南海出版公司

新经典文化股份有限公司
www.readinglife.com
出　品

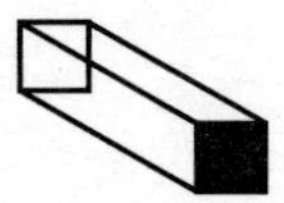

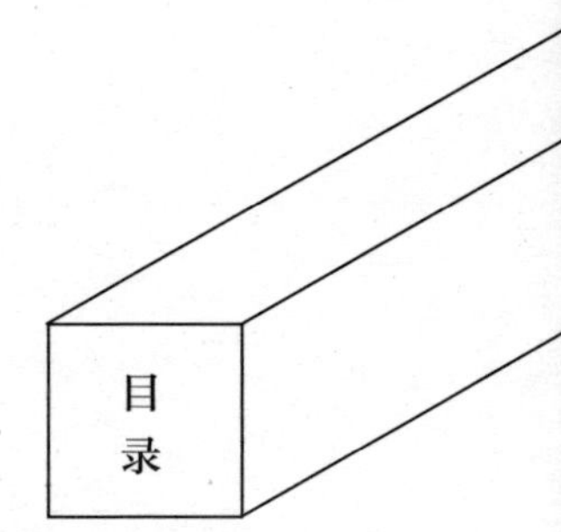
目
录

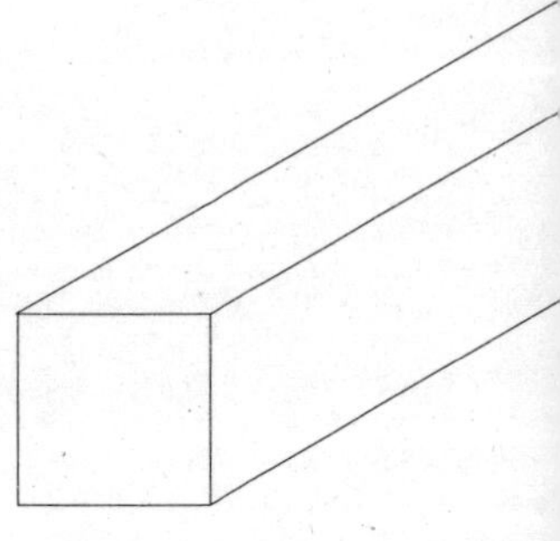

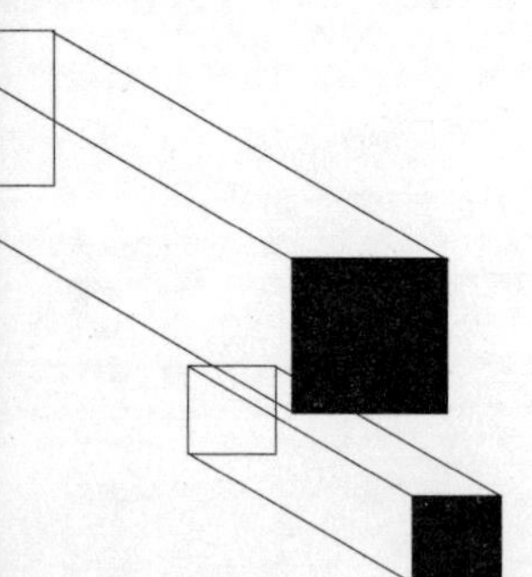

中文版序

写这个系列让我很开心。

在写最初的《阳光劫匪倒转地球》时，我还刚出道没多久，所以为了完成它很拼命。第二部作品《阳光劫匪日常与袭击》是以在杂志上登载过的短篇为基础重组的长篇，那是一个挑战，所以记忆中为了完成它也下了不少功夫。

但是写这个系列让我很开心。之前没有意识到，在写第三部作品时才感到——我一直很开心。

当然了，写哪部小说时都会开心（如果不是这样就没办法继续下去），但除了开心外也确实有感到辛苦的时候，那种“能不能完成好呢”的不安感会一直挥之不去。除了让读者感到有趣之外，我更想传达一种难以言表的感情（音乐可能比语言更好表现一些），其结果就是，在创作过程中，我会不停地思考“除了开心还有什么”，渐渐忘了创作本身就是让我开心的。

不过在写这个系列时，我只考虑到了“自己写得开心”和“让读者读后感到有趣”这两点。银行劫匪四人组漫无边际地聊着天，谋划着自己的事，不知什么时候就被卷入某个人的麻烦中，而我自己则在一旁笑着看他们。在创作时我有这样的感觉。

从前，我曾被人问起过：“这些银行劫匪是好人还是坏人？”

我的回答是：“可能，他们是一群认真的人。”

我喜欢认真的人，与此同时最害怕那些把自己的欲望放在第一位、给别人添了麻烦也毫不在乎的人。哪怕他们再遵纪守法，不顾他人感受并且不以为然这一点仍让我觉得可怕，不想和他们做朋友。我总在想，这个世界全靠认真的人才得以运转。

小说中的银行劫匪们肯定违反了法律，所以无论如何不能称其为好人，但他们一直在认真思考尽可能不给别人添麻烦。我也想过如果他们认真思考到那种程度，明明做别的事也可以，但最后还是决定让他们暂且先认真完成好自己的事吧。

而且，他们从不耀武扬威。

大概是我既不喜欢指使别人，也不喜欢被人指使吧。

所以写这个系列对我来说可谓很开心，日常中有让我感到害怕的事，未来也不免会让人担忧，但在描写认真的银行劫匪们叽叽喳喳地拌嘴、反反复复地来来回回、引发事端又被卷入其中时，我可以从这些事情中脱身。

只希望各位读者能和我有同样的感受，那就再好不过了。

伊坂幸太郎

二〇一七年十一月

从前有一个银行劫匪。他自由自在地去抢银行，从来不需要找人商量。一开始很好，渐渐却感到孤独，自言自语的时候越来越多。他打了个响指，于是多了个伴，二人交谈、分工，过上了愉快的生活。可终于有一天，他们再也无话可聊，光是相见就难受，就像说相声的遇见了同行一般互相看不顺眼。再一个响指，又多出一个伙伴，三个人关系融洽，两人吵架时，另一个还可以劝和。但是三个人容易拉帮结派，这对银行劫匪来说最要不得，就连打网球都要为谁当裁判而争吵。第三个响指——四个人可以双打。

所以抢银行需要四个人。

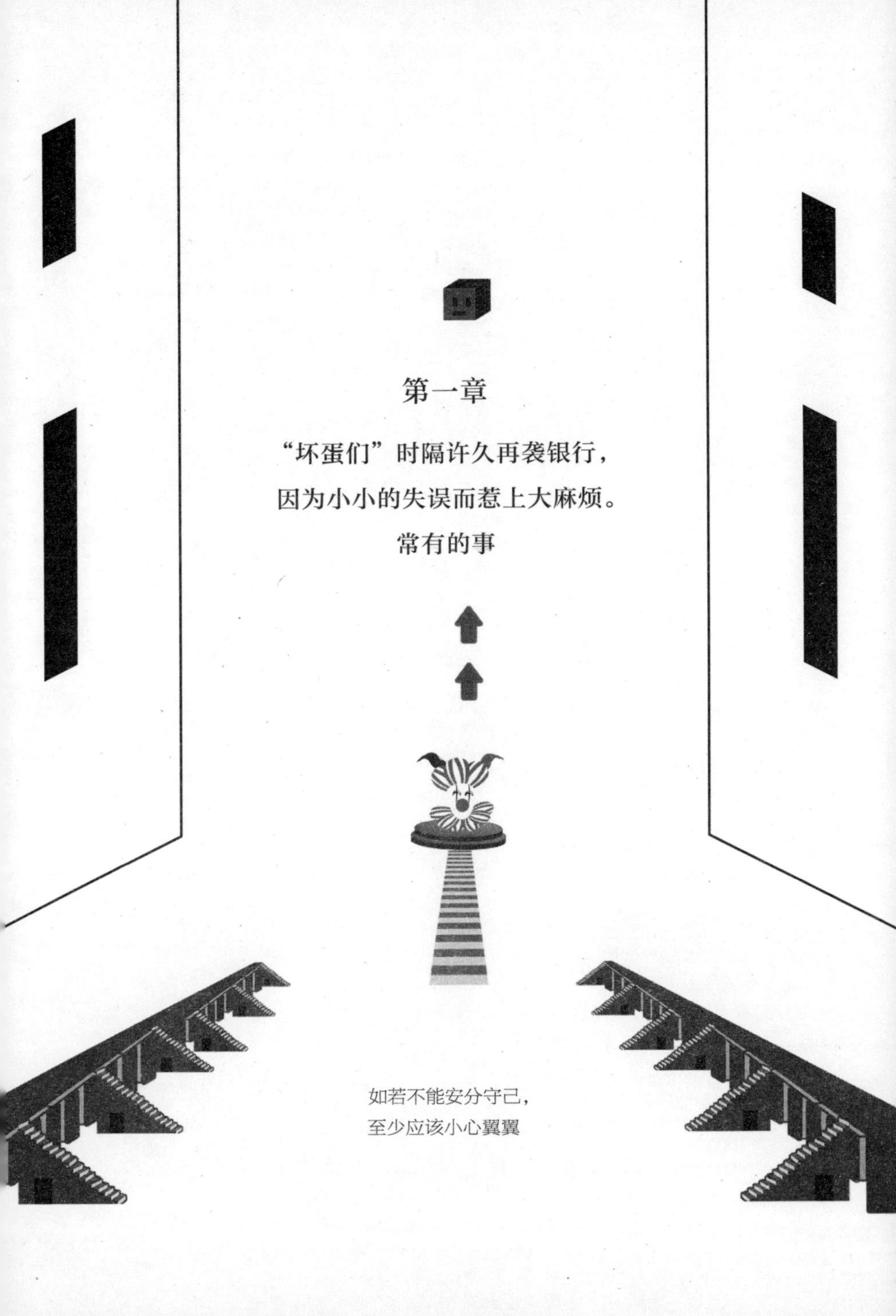

第一章

“坏蛋们”时隔许久再袭银行，因为小小的失误而惹上大麻烦。常有的事

如若不能安分守己，
至少应该小心翼翼

久远 I

きず【傷·疵·瑕】 ①皮肤或肉体在利刃、打击或撞击的作用下被撕裂或破裂的部分。“～部位很严重。”②人的行为、性格、容貌中的缺陷。不好的地方。缺点。“我就是话有点多，算是美玉上的一点～。”“响野哥就像一块全是～的美玉。”③比喻影响声誉的事、让人感到羞耻的事。污点。“这是你人生履历的～。”④心灵遭受的伤痛。

“好了，各位——”响野站在银行柜台上，一只脚踩着取号机。听到他开始说话，久远拉开了包的拉链。

他们刚进银行。柜台上架设了用于安全防范的玻璃隔板，久远如田径运动员般助跑，一下子就跨了过去。

在众人茫然之际，首先要控制银行工作人员。先发制人，做事就要快如闪电，必须在人们意识到情况不对之前掌握主动权。

“占用各位四分钟时间。”响野戴着口罩，但声音仍旧穿透力十足，“在此期间，请各位待在原地不要动。我手上的枪是真的，我并不想用到它，各位一定也不希望我用它，我们的想法是一致的。各位完全没有必要在这里负伤或送命。银行的各位工作人员，打扰你们工作真是非常抱歉，不过请你们放心，就在刚才，坐在那边的那位已经用手边的键盘报了警，所以很明显我们离开这里只是时间问题而已。”

响野指的是一名脸庞消瘦、一看就位列管理层的男子。他双手高举，不住地摇头以表示自己并没报警。

“说谎大可不必。您有责任在身，遇到劫匪就得拉响警报，您的行为是理所当然的，不但不该受到责备，反而应该得到夸赞才对。那么是谁不对呢？不用说也知道，是违反了法律的我们。反正现在已经有人报警，警察抵达这里需要四分钟。我只需要各位短短的四分钟。如果这四分钟过得不顺利，警察来后我们只能被困在银行里，到时候各位恐怕就要等好几个小时了。”

时隔两年再次抢银行，响野哥功力不减当年啊。久远这么想着，同时拿出事先准备好的磁卡刷开出纳柜，取出成沓的钞票。

已经报警——跟人质强调这一点十分重要。银行职员听到后便会认为没有必要再去冒险按下报警按钮，这能令他们卸下肩头的责任，甚至认为在警方到达之前应该尽量配合。

成濑拿枪指挥着来银行办事的顾客，让他们聚集到一处。已经口头警告过他们不可以接打或者操作手机，不过就算他们不听从也没多大关系，因为响野的西服内袋里装有屏蔽通讯信号的设备。这种设备是用在音乐会现场或医院的同类设备的微缩型号，《通讯法》规定只有“获得总务大臣特许的人”才有权使用，但银行劫匪可不打算遵守《通讯法》。

“四分钟很短，所以只要忍过这四分钟，你们就可以平安无事地拿起手机跟朋友们联系了。可以告诉他们‘我去了趟银行，结果碰上了抢银行的’；或者在社交软件上更新一条撞见了银行劫匪的状态。如果可以再添油加醋地夸大宣传一下，那就帮我们大忙了。‘银行劫匪一共有十个’‘每个人的着装都十分华丽’‘他们是从未来穿越回来的’‘他们预言了明天的天气’‘他们带来一头凶猛的野兽’‘猎人开枪打死了野兽’‘野兽被煮着吃了、烤着吃了’……跟警察得说实话，在网上尽管吹得天花乱坠。”

成濑跃过低矮的柜台来到久远身旁，一言不发地抓起钞票。他头套针织帽，戴着眼罩和大口罩。久远和响野也都是同样的装束。如今监控摄像头的解析技术进步了，通过影像追踪到个人身份信息的可能性越来越大，对此久远等人早有准备，对面部识别系统所关注的解析点作了重点防范。成濑默不作声地将钞票整理好装进包里，随后又打开另一个。他从容做事的模样让人安心，久远也冷静了下来。

“银行劫匪在各位心中是怎样的形象？一群举止野蛮、头脑简单又不好惹的壮汉？或者是只出现在电影中的职业？不对，这种事本就不能称之为职业，抢银行并不是正经的行当。但比起那些打诈骗电话骗光别人勤恳工作一辈子辛苦攒下的养老金的男人，或是谎称结婚榨干单身汉积蓄的女人，银行劫匪难道不是好很多吗？我们并不是从个人，而是从这栋名为银行的建筑里拿的钱。或许有人会担心银行遭受了损失，银行的员工被追究责任。银行员工并没有错；错，百分之百是在我们。准确来说，除我之外的几个人占百分之九十八，我占百分之二。不可否认我向来就是这样的人，身边的人都说我无可挑剔。”

“一个无可挑剔的人，是怎么干起抢银行这行当的？”久远抬起头，小声对成濑嘀咕道。隔着眼罩，他都能感觉到成濑此时正皱着眉头。

“你觉得他的话能有理由和意义吗？”

确实，鹦鹉的叫声才有意义。久远心想。

“恐怕各位都是第一次见到银行劫匪。面对初次见到的、未知的东西，人会产生戒备心理，比如说咖啡。咖啡有提神的功效，被很多人喜欢，但在其成分完全不可知的年代，它曾令人不安，人们不知道这东西对身体究竟是好是坏。曾经有一位国王，他就对咖啡的毒性做过实验，可能因为他喜欢咖啡，但同时又担心这会损害他的健康。他找来两个死囚，让他们一个喝咖啡，另一个喝红茶，以此来验证咖啡的毒性。囚犯 A 一天喝三次咖啡，而囚犯 B 喝的是红茶。好了，结果究竟如何呢？”

这是真实发生过的吗？久远听着响野那已算不上演讲、充其量只是自言自语的话，以眼神询问成濑。成濑只是毫无兴趣地耸了耸肩，继续往包里装钞票。

“实验的结果或许会令各位大吃一惊——囚犯死了。光喝红茶的囚犯竟然比光喝咖啡的囚犯死得早。”

久远似乎听到人质中有人发出了“哦”的一声惊叹，也不知是不是幻听。

红茶好可怕啊。久远琢磨着，同时想起响野总在自家咖啡店里煮咖啡，这或许只是他为提升咖啡的形象而编的故事。

“没错。国王的实验里，喝红茶的先死了。顺便一提，喝红茶的囚犯死时七十九岁，喝咖啡的死时八十岁。这差距要说细微嘛，也确实挺细微的。”

隔着口罩，久远都能听到成濑在苦笑，自己也不禁叹了口气。也不知道那是什么年代，但囚犯能活那么大岁数不是应该说明咖啡对身体非常有益吗？

“各位，你们觉得国王会如何看待实验的结果？他会觉得咖啡安全，还是认为那是毒药，或者是咖啡和红茶不相上下？都不对。国王一点想法都没有。为什么呢？因为据说在实验结果出来前，国王就遭暗杀丢了性命。所以，我希望各位今天回去之后一定要记住：做人体实验这样可怕的事，是要被暗杀的。”

“明白明白。”久远小声嘀咕着，同时拉上拉链站起身，将包扛在肩头。他迅速而稳健地前进，将包扔到了柜台的另一边，一个，又一个。成濑也做着同样的事。最后二人跃过柜台跳了出来。

响野见状，一边向众人展示手上的枪，一边从柜台上下来。他扭头跟成濑等人眼神交流过后，满意地点了点头。“好了，刚好四分钟。感谢各位一直陪我们到最后。恐怕今后也没有再见的机会了，这也是一期一会的缘分，希望它能成为各位人生中的宝贵回忆。”说完他对着面前的人质深深鞠了一躬。

久远也以同样的方式礼貌地行礼，扛起包离开银行——至少他是这样打算的。

意外发生了。一名勇敢的警卫竟然试图追上正快步离开大堂的久远等人。久远立刻转身，伸手示意其停下。对方不知出于使命感还是兴奋，伸手从腰间取出警棍扔了过来。警棍在空中画出美妙的弧线，如同扑向猎物一般朝久远砸来。久远慌忙伸出左手去挡，手背被砸了个正着。疼痛让他直想大叫，但此时可没有时间喊痛，他连忙转身，扛起包冲了出去。

就在紧挨着人行道的马路上，一辆黑色 SUV 正好在路边停下。车门打开，成濑和响野上了车，久远也连忙跟上，几乎是跳进了车里。

“距离换车还有两百八十秒，先换衣服。”驾驶座上紧握方向盘的雪子说道。

成濑 I

ほてるまん【ホテルマン】 ①酒店经营者。酒店管理人。②任职于酒店的人的总称。③面向儿童的、可以变身为酒店的超能英雄。

时间刚过正午，还没到酒店的入住高峰，往来进出的人并不多。成濑等人身处酒店一楼大堂的咖啡厅，可以清楚地看见从大堂自动门进出的客人们。

“伤看起来挺严重的。”响野看着缠在久远左手上的绷带，“这都十天了吧？”

“可能是来自勇猛警卫的诅咒吧。”久远摸了摸绷带道，“总也好不了。”

“有没有被医生怀疑？”成濑问。再小的细节都有可能使罪行暴露。

“没问题。我去的那家内东外科诊所，主治医师是个老爷爷，他几乎是一边睡觉一边给人看病的。”

“我决定以后去哪儿都不去内东外科诊所。”

“而且他们也不会把我的伤跟抢银行联系起来，只要电视或其他媒体不报道就没事。但愿那警卫别对着镜头吹嘘说‘我扔出去的警棍砸到了罪犯的左手！大家如果发现身边有左手受伤的人一定要小心’之类的话。”

“万一真那样，你知道该怎么掩饰吗？”响野得意地问道，喝了口咖啡又继续说，“果然还是我店里的咖啡最好喝。”他像是在自言自语，但声音非常大。成濑没有理会。

“响野哥能想出的点子，无非是全身都缠上绷带以掩人耳目之类。所谓大隐隐于市，全身绷带变僵尸，是不是？”

雪子听了久远的调侃，面无表情地附和道：“应该是猜对了，阿响连一个字都不敢说啦。”

“一个字。”

“这行当真是越来越难干了，不光因为这次受了伤我才这样讲。你们看现在大街上到处都是摄像头，路人随手就能拍照录像。”

正如久远所说，抢完银行后的逃脱路线一年比一年难选了，需要事先查清沿街店铺和大街上安装的防盗摄像头的情况，避免车辆被拍到，或者故意被拍，在路线上下功夫迷惑对手，以确保可以安全脱身。这些事一直都由雪子负责，但并非长久之计。

“现在我们的确还没失手过，但无法保证以后就不会失手。”响野点头，“所谓成功，换一种说法就是碰巧没有失败。”

“一年又一年，摄像头的数量越来越多，性能也越来越好。”

“我却上了年纪，技术也一天不如一天了。”

此时一个小孩碰巧路过，看上去也就读小学低年级的模样。他跟着母亲进了咖啡厅，路过时开口道：“久远哥哥。”

久远忙挥手应道：“哎呀，你好。没想到会在这里见面。”

母亲歪起头看着孩子，似乎在询问那是谁。孩子解释说：“是久远哥哥，我在动物园常见到他。”说罢便挥手道别。久远则面带微笑地看着他离去。

“别说摄像头了，现在就连来自小孩子的监视都无处不在。”雪子见状打趣道。

“从樱木町步行不远有一座老旧的动物园，我常常能在那里碰见那孩子。”

“经常在动物园碰面，这事听上去也挺稀奇。”

“我嘛，”久远耸了耸肩，“只是喜欢那里的火烈鸟和小熊猫而已。”

“久远，你知道火烈鸟睡觉时为什么要折起一条腿吗？”响野以颇具挑衅意味的语气问道。

“胆子不小啊，竟然敢拿动物方面的问题来考我？”久远笑了，“那是因为怕冷。火烈鸟的腿又细又长，很怕冷，所以睡觉时才要交替着折起腿，靠身体保暖。”

“不对。”

“不可能不对。那你说，为什么它们睡觉时要折起一条腿？”

“因为两条腿都折的话就倒了。”

成濑对响野的话置若罔闻，转过身看着那对坐在靠里位置的母子。“我总觉得慎一好像不久前还是个小学生似的。”他不禁说道。

“现在已经是大学生啦。”响野指了指酒店前台的方向。

上大学后，慎一闲暇时在酒店打工，众人这次像家长在学校参观小学生上课般来这里看他工作。

“虽然他是我儿子，可有时候我也觉得不可思议，心想这大个子年轻人是谁呢？”

成濑想起了儿子正志。两天前他刚和正志的母亲、自己的前妻通过电话。她平静地告诉成濑，儿子毕业后的工作已经有了着落，末了还感慨颇深地说道："真没想到能有这一天。"正志出生时的情景、带着他往返于疗养机构和医院看医生的日子、通读所有关于儿童发育障碍的书籍的日子、甚至还有离婚时的记忆，全都一一浮现在成濑的脑海，他觉得应该对前妻说些什么，想了半天却只挤出一句"辛苦你了"。对方不悦地回应道："我并不觉得辛苦。"成濑这才想起，二人离婚前就一直重复着这样的对话。"不过，你能想着安慰我，我还是很开心的。"听到对方说出这般释怀的话后，成濑才松了口气。

"不好意思，我想打听一件事。"响野突然问起正在收拾邻桌的女服务员，"你认识这家酒店里一个叫慎一的员工吗？"

"慎一？哦，是那个勤工俭学的吧？"女服务员面容清秀，腰板笔直，表情看上去一本正经，听到这个名字后缓和了许多。"我认识。他很优秀，常常帮助大家。"

"哎哟，这可真是让人欣慰。"

"响野哥，跟你又没关系。"

"您是他亲戚？"

在场所有人里，只有雪子有资格举手回答"我是"，但她却一副事不关己的样子，自顾自地喝着咖啡。

女服务员可能是根据各人的反应有了判断，觉得应该是亲戚，继续说道："慎一是来打工的，所以一开始只让他在后面打杂，不过他会说英语，做事又认真，人手不够的时候也会被叫出来做一些接待工作，有时候也来这个咖啡厅做事，帮了我不少忙。"

成濑从女服务员的表情看出她说的不是客套话，没有说谎。

"对了，慎一说不久前这里有个外国人趴在桌上睡着了，怎么也叫不醒，最后搬桌子很费劲。"雪子回忆道。

“哦，对。当时确实是伤透了脑筋。”女服务员露出为难的表情。成濑觉得那表情有些不自然。

“肯定是时差，时差造成了嗜睡。”响野抱起胳膊不明缘由地摇起了头，似乎正深受时差困扰一般。

女服务员走远了。

久远感慨道：“真是好久没见慎一啦。”

“差不多两年吧。”响野说。

此前久远拿着工作签证去了澳大利亚，之后又去各地旅行，几乎没在日本生活，抢银行这事也很久没碰了。

“听说他在大学入学考试前去过我店里一次，好像是想问英语还是其他什么科目往年真题的解法。只是非常不巧，当时我没在。”

“他是打算去问祥子的吧？故意趁响野哥你没在的时候去的，就是怕见了你麻烦。”

“久远，你小子……那怎么可能呢？”

“久远说得对。”雪子说得干净利落。

“对了，我们接下来怎么办？一起来探班是没什么不好，不过如果总赖着不走，我怕事后慎一会不高兴。”成濑说。

慎一就在前台旁接待客人，一转头就能看到他们。

“我们集体跑来，慎一现在应该还没察觉吧？”

“我们刚进大厅，慎一就注意到了，他当时的表情明显很不耐烦。”慎一看到他们后大吃一惊，但因为正接待客人就没过来，他的表情掺杂着羞涩和抵触的苦笑。

“如果我在打工时发现父母专程跑来看，一定气得不行。”雪子说得好像这事完全跟她无关。

“这样说来，慎一还算挺通情达理了。”

“我猜他是知道对我们说什么也是白搭，所以放弃了吧？”

“就是。只要跟响野哥说一句，就能换来一堆毫无意义的回话，工作至少耽误半小时。”

“慎一是个聪明的孩子。”成濑说完打量起四周。

一个正在收银台结账的中年男子将硬币掉到了地上，身着淡绿色夹克的他很不耐烦地叹了口气。路过的店员蹲下身子捡起硬币，男子一点主动伸手的反应都没有，理所当然地接了过去，没说声“谢谢”就走了。

“成濑你看什么呢？有什么好玩的东西在走路吗？”

“没有。我只是在想，希望所有傲慢的顾客都能有好运气。”成濑简述了一番刚才发生的事，“不过，光凭那一点就给他扣上傲慢的帽子或许也不大公平。”

“之前在电视上看到一个节目说，”久远开口道，“假设有位老太太在你面前摔倒了，可是你又碰巧有急事，无奈之下就走过去了没有管。作为当事人，大部分人都会觉得：我并不是那么坏的人，只不过因为眼下刚好有急事，实在没办法。”

“嗯，言之有理。”响野点头道。

“可事情发生在其他人身上就不一样了。如果见到其他人对摔倒的老太太视而不见直接路过，人们立刻会下结论说：那个人真冷漠。总结下来一句话，就是对于除自己以外的人，人们通常只通过某个场景的某个动作就对其性格或为人下定论，从不考虑背后缘由。”

“确实。我们应该多设身处地替他人考虑考虑。”雪子也点头。

“刚才的男子或许只是因为腰痛，才无法弯腰去捡硬币而已。”成濑话音刚落，那个男子就掏出手机放在耳边，一边讲电话一边做起了屈膝拉伸，不仅如此，上半身还不时地扭动着。

“看来腰没问题。”久远很快注意到，嘀咕了一句。

“人家替他捡起硬币，他却没道谢，也有可能是因为喉咙痛。”

男子正对着手机说话，嘴巴张得老大。

“看来也可以正常发声。”响野露出一丝苦笑道。

“嗨，总之也不会是什么坏人吧。”成濑刚说完，久远便起身道：“我去一下洗手间。”

那个身着夹克的中年男子此前一直用手机跟别人通话，好不容易挂了电话迈开脚步，眼睛却始终盯着屏幕，结果撞上了正跟其他顾客说话的慎一。慎一慌忙转身赔礼道歉，只见男子很生气地揉着肩膀，表情不悦地对着慎一念叨个没完，可能是在发牢骚吧。

“明明全怪他自己走路不看路。”雪子看到了全过程，苦笑着嘀咕道。

“出什么事了？”响野转头看向身后。

“刚才那位不捡硬币先生一边走路一边玩手机，结果撞上了慎一，还反过来发脾气呢。”

“雪子，你不去管管吗？告诉他，别找我儿子麻烦。”

“面对这种有理说不清的情况，对他来说也是一种学习。”

“真是一位冷静的母亲呀。”响野笑道。

雪子紧接着又板起脸补充了一句：“生气倒是很生气的。”

成濑视线的那一头，身处酒店大堂的慎一已经开始向男子鞠躬赔礼。久远不知何时已从厕所出来，与男子擦肩而过后若无其事地坐到了成濑对面。

“慎一正挨骂呢。”

“撞着人了。”

“哎呀呀。”

"准确地说是对方走路看手机，径直撞上来的。"

"这种事嘛，怎么说呢……"久远微笑着。

"或许另有原因呢？"雪子道，"或许那个人有难言之隐，比如今天家里有人动大手术，他只不过是因此而心情焦躁之类。"

"可能性也不是没有，不过那个大叔就是让人感觉不舒服。"

"就因为这个，就顺手把人家钱包偷来又算怎么一回事呢？"

成濑这么一说，久远一愣，随即又有些害羞。"你发现啦？"

"什么？你小子，偷别人的钱包可不行。"响野立刻指责。

"谁让他把我们慎一骂成那样呢？我气不过就……"

"唉，他也是因为家里有人要动大手术嘛。"

"成濑哥，究竟是不是那样可还不一定呢，而且我偷的也不是钱包，是月票夹。"

"我说久远，你小子总那样偷人家东西，迟早要被抓。到时候非得给你来个五花大绑，把你摁在地上。真到了那一天，就算你对碰巧路过的我大喊'救命啊，响野大哥'，我也无能为力了。"

"是是是——"久远敷衍着，拿出小小的月票夹翻找起来，"这会不会是那人的名片呢？"说着他取出了一张。

名字是"火尻政嗣"，公司名称则是一家娱乐杂志社。

"原来是娱乐记者。"

听到成濑的话，响野立刻道："我说成濑，你现在是不是觉得那些娱乐记者总盯着别人的隐私不放，是一群没道德的家伙？嗨，要我说你抱有那样的偏见也是不对的，你看，比如说……"

"如果按下这个按钮，响野哥会不会停止说话呢？"久远指着摆在桌边用来呼叫点餐的电铃。

响野停了下来。

“娱乐记者也分好坏。”成濑为了不让响野继续说下去而接过话头，“准确来说，应该说每个娱乐记者都有好的地方和不好的地方。人都是这样。”

“不好意思啊久远，虽然你是出于好意拿来的，不过能不能再替我还回去？”雪子指了指电梯的方向。

“哎？要还回去吗？”

“你想，如果这个记者向酒店投诉丢了东西，说不定我们家慎一会挨骂。”

“确实有可能。”成濑表示同意，“说不定还赖上慎一，说他趁刚才撞上自己的时候偷的。就算不那样，也会抱怨酒店的防范措施太差。”

久远挠了挠头，马上站了起来。“让你们这样一说，还真是有可能。”

“你看吧，刚才我就说了嘛。”响野挺起胸膛得意地说道。

“嗯……响野哥你刚才说什么了？”

“反正是说了些什么呗，肯定说了些什么，我怎么可能不说话……”

久远 II

おん—じん【恩人】 ①帮助自己、施与恩惠之人。“救命～。”②一般情况下，是被帮助的人称呼帮助过自己的人。当有人以此自居时则需要提高警惕。

电梯有两部。火尻已经不见了踪影。久远正觉得追不上了打算放弃，又发现其中一部电梯停在一楼，即他身处的大堂，另一部则停在了十六楼。火尻或许住在十六楼，久远边琢磨边走进了电梯。当然在十六楼下电梯的也可能是其他住客，不过久远决定先看看再说。

十六楼到了，走廊上一个人都没有。久远为不知该从何下手而焦躁，心想既然都来了，还是转一转。走出电梯等候区，走廊朝左右两个方向延伸。天花板上安装有摄像头，似乎在迎接来到各楼层的住客。

“这位火尻先生究竟在哪里呢？”久远嘀咕着，像一条靠嗅觉寻找猎物的狗一样伸出鼻头，朝左边走去。他缓缓前行，路过每一扇门时都哼哧着将鼻子凑上去，还竖起耳朵，虽然这样做并不能帮助他了解屋内的情况。

行至走廊最靠里的1601号房间时，久远听到一阵声响。声音很微弱，听上去像是有人撞到了墙上。

“嗯？”久远竖起双手放到头两侧，看上去就好像某种动物的大耳朵。打量了四周一番后，他身体前倾将耳朵凑到门边。什么都听不见。“火尻先生？”他轻声喊道。

无人回应。他决定按响门铃。如果有人应门，而那人又不是火尻，只需要找个借口说走错房间了，或者说在走廊上捡到一个月票夹就好。

事情并未如他料想般发展，并没有人出来。他甚至觉得屋内似乎更安静了。

刚才明明有动静，说明里面不可能没人。

或许屋里的人此刻正在门后透过门镜观察，久远忽然意识到这一点，赶忙用手堵住门上的小孔，然后提高音量说道：“不好意思，我想打听一件事。”说话声一大，感觉似乎走廊都有回音。“我知道里面有人，我等你出来。”

这时门把手动了一下。果然对方就在门边，门被拉开了。

久远本以为开门的人是火尻，结果并不是。那男子他根本没见过，而且还戴着头套，只露出了眼睛，根本看不出长什么样。久远一下子有些慌了。“嗯？银行劫匪？”他脱口而出。

男子抓住久远的手臂狠命一拉。久远一个踉跄扑倒在地，怎么也站不起来，他感到头套男趁势从身后出了房间。久远伸手扶着衣柜门，勉强直起身子，之前被警卫砸中的手又痛了起来。他走出房间，外边已没有动静，墙壁和地板好像全都被捂住了嘴似的，四周一片寂静，连脚步声都没有。头套男去哪里了呢？久远看了看自己乘电梯来时的方向，随后又朝反方向看去，发现一扇写有“紧急出口”的大门。会不会是从那里逃走了？

久远转身，只见火尻正摸着头从 1601 号房间走出来。“你没事吧？是不是被打了？”

“哎呀……”火尻摇晃着脑袋，“这到底是怎么了？”他的语气很是不满，“我一睁眼就看见一个戴着头套的家伙。”

“一睁眼？你刚才在睡觉？”

“我很累，迷迷糊糊就躺到了床上，听到门铃声才醒过来。”

“门铃是我按的。”

“哦？这么说你要是没来我可能就危险了。”

“危险了？”

“有可能被盗。刚才不就是入室盗窃吗？对了，你是……”

“哦，我只是碰巧路过的。”

“碰巧路过？”

“救命恩人。”久远说着将月票夹递了过去，“我发现这东西掉在门外，然后又听见屋里有动静，就有点担心。”如果被追问为什么会路过走廊深处，久远肯定也答不上来，所幸对方并没有问。

这时隔壁 1602 号房间的门开了。久远慌忙转身，甚至准备好了随时扑上去。一名体态肥硕的圆脸住客走了出来，面带愠怒地盯着二人，紧皱着眉头，应该是觉得外边太吵所以才出来看看情况。他看上去很不高兴，神情像是在责问。

“咱们站在走廊上说也不是办法，能不能先让我进屋？”久远说。

“哎呀，也是。”火尻点着头，同时又狐疑地打量起久远，应该是心中有所戒备，害怕面前的年轻人也是个危险分子吧。然而，他似乎没有从好似小动物般散发出无邪气息的久远身上嗅到任何危险，于是丢下一句“好吧”便转身进了房间。

房间里的椅子倒了，玻璃杯也被打翻在地，但并没有什么物件遭到破坏。电视是开着的。

“我不知不觉就睡着了，肯定是电视节目太无聊让我犯了困。”火尻不满地抱怨，但似乎并不打算关掉电视。

“刚才那个头套男到底有什么企图呢？”久远问。

“不就是在酒店里入室盗窃？”

“可他怎么进来的？酒店房间都是自动上锁的。”

“我怎么知道！可能他从哪里捡来了备用钥匙吧。可恶！是不是因为被惊醒了，头怎么这么痛？”火尻按着太阳穴扭了扭头。

电视节目仍然在继续，正播放新闻。

“我越想越觉得，多亏你来帮了大忙。”火尻检查了行李，又摆弄了一阵笔记本电脑，这才反应过来久远真是自己的恩人，反复道谢。

“只能说我来还东西真是来对了。月票夹刚才也给你了，”被他这样一感谢，久远反而不好意思起来，“那我就走啦。”

“哎，你等等。”

“我也没那么多闲工夫，得赶紧走了。”等警察一来，再惹上麻烦就不好了。

“我说，这事你能不能替我保密？”

“什么？保密？你不打算报警？”

“事情闹大了我很难办。”火尻欲言又止，含糊应道。

“闹大了很难办？”

火尻面露犹豫。他在犹豫到底该不该说，如何选择才对自己更有利。“其实，我是个记者。”

“报社记者急着回报社。”

“说什么呢你？”

“临时编了个绕口令而已。好吧，你继续，火尻先生。”

“我是因为要做个小调查，才住进这家酒店的。内容是机密。”

小调查和机密，久远觉得这两个词放在一起挺矛盾。“难道是在查什么大案？”

“没那么夸张。”

“没那么夸张，又是机密，难不成是明星的地下恋情吗？”

“真要说起来，也算是同一类事吧。”

“原来是盯上了娱乐头条啊。”

“报警容易打草惊蛇，好不容易等来的机会就白白浪费了。”

“可是刚才如果不是巧合，那罪犯有可能已经对你造成伤害了，难道头条新闻比自身安危还重要？”久远下意识地提高了音量。他十分不理解，对方为什么不能冷静分析一下事情的轻重缓急。但转念一想，因个人情绪而鲁莽决断，给大批员工的生活造成困扰的老板比比皆是；又或像自己这样，明知道会破坏自然环境却又改变不了生活习惯的人也随处可见。本末倒置这种事其实很普遍。

“他应该只是一个普通的小偷，否则……要么他就是来威胁我的，要么就是来偷我的稿子的。”

“威胁？你有什么根据？”

“唉，毕竟我写过很多报道。”

“对了，刚才这件事就可以拿来报道了吧？标题就写‘本报记者入住酒店遇袭’，反正新闻已经有了，还是报警比较妥当吧？”

火尻抱起胳膊，一副苦苦思索的模样。“不行，那样就没意思了，而且说不定还有可能被误以为是我自导自演的闹剧。”

久远愣了半天，毫无感情地说了一句：“火尻先生，你真是新闻界的楷模。”从常识角度判断，这时早该报警了，但久远本来也不想被警察找去问话，所以火尻不想将事情闹大倒是正合他意，否则如果被警察问起月票夹是哪里捡来的也很麻烦。

“当然了，我也不敢继续住在这里。门锁显然已经靠不住了，这家酒店我肯定不会再住下去了。”

“还是这样比较好。”

“真是可惜啊，好不容易订到了同一楼层的房间。”

“和谁？”久远赶忙见缝插针地问了一句。

火尻似乎并不吃这一套。“无可奉告。”他得意扬扬地说道，“反正我光是查出地址就已经甩其他记者一大截了。”

“谁的？”久远换了一个字，重新将问题抛了过去。

“无可奉告。”

“那我就先走了。”

“你真是帮了我大忙，谢谢，等过段时间再好好向你道谢。你叫什么名字？能不能给我一张名片？”火尻说着，摆出一副普通中年男子惯有的平淡表情。

“小事小事，你不用放在心上。”

电视上还在播放新闻，一个经过后期处理的声音正大声说话。“我当时铆足了劲就砸了过去，用的就是我的警棍。我也算是专业人员，不能看着银行劫匪肆意妄为却不管。”

久远看向电视画面，一个被马赛克遮住脸的男子正在说话。节目正报道几天前银行被抢的事，当时在场的警卫正谈起自己扔警棍的“光辉事迹”。

“我的警棍正好砸到了劫匪的左手，他肯定伤得不轻，说不定到现在手都还缠着绷带呢，这是寻找凶手的重要线索。”警卫兴奋地说，节目主持人苦笑着听，久远下意识地看向自己包扎着绷带的左手。

随后久远猛地一惊，转而看向火尻。火尻正盯着他的左手，并为他受到惊吓的反应而感到意外。久远感到情况不妙，这种想法似乎体现在了脸上，火尻看到后表情瞬间凝固了。

久远心知要坏事，说了句“火尻先生，我先走了”，便朝门口走去。

“对了，你怎么知道我的名字？”

“那里，”久远指了指月票夹，“有你的名片。”

“哦，这样啊。”火尻打了个大大的哈欠。可能因为太累，他很快表现出困倦的模样。

久远暗自感叹，刚才明明险些遇害，亏他还能这样无所谓。“你得从里面把门反锁上才好。”久远留下一句忠告后走出了房间。

一名女服务员推着一辆小车从另一侧走廊走了过来，似乎是来送餐的。她从久远面前走过，停在了火尻旁边的1602号房间前。

久远怕惹人生疑，打算赶紧离开，刚要迈步又停了下来。“请问，你是从电梯那边过来的吗？”

“啊？是。”

“有没有看到什么可疑的人？”

“可疑的人？”

“比如说戴头套的人？”话一出口，就连久远都觉得能问出这问题的自己本身就够可疑的。

果然，身着工作服的女服务员表情僵硬地回了一句“没有”。很显然，她心里想说的其实是：除了你之外，哪里还有什么可疑的人？

久远走进电梯下到一楼。电梯门打开。他来到大厅，看到响野就在眼前被酒店服务员摁倒在地，这一幕让他愣住了。他眨着眼睛，心想刚才究竟发生了什么。

响野似乎也注意到了久远，抬头喊了一句："救命啊，久远大人！"

"哎呀，响野哥，不是早就说过了嘛，腿得一条一条地抬，否则要摔跤的。"

响野 I

しゅ【朱】 ①红色或略微泛黄的红色。②朱砂。③以②为原料制作的墨。朱墨。

しゅにまじわればあかくなる【朱に交われば赤くなる】 近朱者赤，近墨者黑。指人可以因交友和环境的影响变好或变坏。

しゅをそそぐ【朱を注ぐ】 形容脸色变得通红，好似朱砂一般。

去还月票夹的久远朝着电梯走远后，响野喝了一口咖啡，不禁感叹道：“达到了极致的人生真是无趣啊。”

“什么意思？”成濑问道。

“唉，成为像我这样的行家后，就会感觉外边的咖啡味道总是差那么一点。有我的咖啡做对比也算是他们的不幸吧。”

“不好意思，响野，你做的咖啡可是一点都不好喝。”

成濑刚说完，雪子就在一旁干咳了一声。“说得真直白。”她随后看了看响野，“不过他应该不会难过。”

为什么我非得难过不可呢？响野心想。成濑刚才说过什么早已被他抛诸脑后。

“有些妙处只有行家才懂。比如说乐器，外行人根本不明白个中好坏，但一流的音乐人一听就知道差别有多明显。我做的咖啡在你们这些普通人看来可能并不美味，但只要是这方面的行家……”

“我从来就没见过有这方面的行家去你店里。”

“而且就算是给一般人做咖啡，也总要让人觉得好喝才行啊。”雪子的视线已经飘向了咖啡厅之外，她望向酒店大堂，只见几名拿着行李包裹的旅客正站在那里。

“真是有模有样。”响野见慎一正有条不紊地应对客人们的咨询，开口道。

“在我们这群不着边际的大人眼皮子底下长大，居然还成了一名好青年。”成濑说。

“说不定是因为我吧，我的影响力连我自己都怕。”

“都说‘近墨者黑’，他倒是没有。”

“你说得不对，你看现在的他已经成为一名像我一样完美的成年人了，所以应该说他是‘近朱者赤’呀。”

“我真不知道阿响说话的时候到底有几分认真。”

“我也不知道。”成濑说。

“我也不知道。”响野说。

雪子深深地叹了口气。“等久远回来就走吧？”她说，“老在这里，慎一该怪我们了。”

响野等人当然不知道，在他们头顶上的十六楼，久远此时正被一个壮汉一把拉倒在 1601 号房间的地上。

“跟慎一说话的是什么人？”成濑轻声说道。

两人应声望去，只见一名戴着墨镜和口罩的女子正跟慎一说着什么。

“顶多也就是个着装有些怪异的住客呗。”响野觉得没什么好在意的。

“阿成，你看她哪里不对劲？”

“感觉她在隐藏什么东西。”

“藏什么？总不能藏着凶器吧？”

“你看她的表情，应该是说了违心话。”

“你就扯吧。”

“扯什么？”

“哪来的表情，人家戴着墨镜呢！”响野严肃地看向成濑，“我根本看不见什么表情。”响野一副极其认真的模样。

慎一礼貌地招呼着客人，同时视线扫向四周，看上去是在找什么东西，应该是在帮那位女住客找行李。这时，又走上去一个人。那个人当然不会从天而降，应该是一早就在大堂，此刻直奔慎一而去。那是一名戴着眼镜、身着西服的商务人士，他显得十分兴奋，好似发现了新大陆一般。只见他快速走近慎一和女子，随即指着女子激动地说起话来。

“看上去跟发条人偶似的。”成濑说道。

此刻的慎一正来回看着女住客和商务人士，不知所措。女方显然更怯懦一些，看上去很为难。

“还是我去吧。”响野说罢就要起身。

“我说响野，你去又不能解决问题。不对，应该说要是你去了，原本能解决的问题也……”

“我告诉你，人与人之间的矛盾说白了就是沟通上的问题，大部分都是说了就会明白的事。犬养毅讲得很对。”

“犬养毅倒是说了，可别人明白了吗？”

“可能是他没让对方明白‘说了就会明白’这句话背后的意思吧。”响野已经站了起来，“我去去就回。”

“响野，并不是‘说了就会明白’，重要的是倾听对方，光动嘴皮子没用。”成濑说道，但响野置若罔闻。

响野穿过大堂，从背后靠近慎一。隐约可以听到商务人士嘴里正重复着“粉丝”这个词。一开始响野还琢磨会不会是在说风扇，但见这男子面对戴着口罩的女子时的激动程度不亚于求婚，立刻反应过来。“哦，这是追星呢。”

“你是宝岛沙耶吧？真没想到你竟然在这里！网上的新闻说你躲起来了，又说你怀孕，写了好多，原来你在这里，我一直不相信你怀孕了！”男子说着还朝前伸出手，隔空做出抚摸女子腹部的动作。他的行为看上去并不算猥亵，但女子仍像是感到了某种危险，后退了一步。慎一下意识地站到两人中间，男子的手刚好落到了他身上。

“哎哟，好疼！你干什么！服务员就好好干你的活，干活去！”

“非常抱歉。请问您是在等候办理入住手续吗？”慎一努力应对。

“关你什么事？”商务人士这样一说，响野差点要笑出来。这还真的关慎一的事。

“都冷静。发生什么事了？”响野摊开双手，朝众人喊道。

商务人士推了推眼镜，盯着响野，似乎在分析来者是敌是友。慎一转过身，随即苦笑起来，那表情明摆着不希望响野来添乱，而响野当然不会理会。

“哎呀，其实我也是粉丝。真没想到能在这里碰上，真是感动得不行。”响野决定先顺着对方的话说。

“哦，原来也是宝岛沙耶的粉丝，不过肯定是我更喜欢她。”

“我喜欢史蒂文森[①]的小说很久了。他的身体那么弱，哦不，应该说正因为他体弱多病，才创作出了各种各样的冒险传说和不可思议的故事。”

“你说什么呢？”商务人士满脸讶异。

“不是在聊宝岛吗？史蒂文森的。”

“别开玩笑了，这是宝岛沙耶！别看她乔装掩饰，但肯定没错。”

“嗯，就是就是。”响野附和道，“是宝岛小姐，就是那个……呃……那个很有名的……”

“偶像兼演员。”

“没错，偶像兼演员！”该说她是身为偶像的演员呢，还是说她既是偶像又是演员？响野不认识眼前的明星，但当他带着这些想法重新打量对方，竟开始觉得这位戴口罩的女子举手投足的确与众不同，让他很是不可思议。

“新闻还报道说她失踪了呢。”

“没错没错，偶像兼演员还失踪了。”

女子有些慌乱，不知该如何应对。慎一也一样。如何才能让这位商务人士离开呢？这世上如果有具备如此功效的魔法咒语，不管多少钱都愿意买——他心里的想法在脸上表现得很明显。

“其实呀……”响野竖起手指，面对商务人士开口道，“我们这是在拍电视呢。”

“什么？”

“我们在拍摄究竟有多少人能认得出乔装后的她，让她失踪其实也算是为这次拍摄做的准备。总之，你是第一个看破伪装的人。”

---

①指英国作家罗伯特·路易斯·史蒂文森（1850－1894），其代表作《金银岛》在日语中写作“宝岛”。

商务人士眼睛瞪得很大。“哦？是真的？”说完他开始鬼鬼祟祟地打量四周。

“当然是真的。哎呀，真是了不起。这下子可以证明，你的确是宝岛沙耶的忠实粉丝。”响野完全不知道这样的谎话能否让对方上当，也不知道这个谎接下来该如何去圆。他只是凭借以往的经验，想到什么就说什么，到最后总会有办法。

短暂的沉默之后，商务人士突然来了一句“谁信你的鬼话”，话音刚落便敏捷地伸手夺下了女子的墨镜。

女子发出一声短促的惊呼，慎一赶忙去抓商务人士的手腕。对方挣脱开来，迅速朝大堂出口跑去。

前台的人这才注意到这场骚乱，两名工作人员目光冷峻地走了过来。

响野追在商务人士身后大喊：“你这样拿走别人的墨镜可是抢劫！”

对方并不理会，要径直冲出酒店，响野堵在其前方。男子见状只得改变方向，转而朝着电梯冲去。

“你听我说啊，我劝你最好别把那墨镜拿走，至今为止偷走了它还活着的就三个人，你知道那三个人现在都在哪里吗？”响野又开始满口胡言，不知道对方是否听得见。“喂！你知道吗？三个人都……”趁着换气的工夫，他使劲想着接下来的话，希望能像说相声似的抖个包袱，可想到的却只是“都躺在坟墓里”这句一点都不好笑的话。“都躺在坟墓里啦！”

前台附近的人都注意到了这场闹剧，客人们不明缘由，开始四处张望。

这时商务人士大声喊道：“救命啊！有个怪人在追我。”

到底谁是怪人！响野在心中大喊，紧接着身体忽然无法动弹，胳膊和腰被两名男子牢牢抱住，他一下子就面朝下趴倒在地。

“慢着！你们把我想成什么啦？听我说你们就明白了，说了就会明白。”响野重复道，可对方完全没有要听的意思。距离他们几米之外，电梯停靠的声音响起了。响野一愣，趴在地上勉强抬起头，只见久远站在那里，神情十分困惑地看着他。“救命啊，久远大人！”响野开口道。

“哎呀，响野哥，不是早就说过了嘛，腿得一条一条地抬，否则要摔跤的。”

误会随之解开了。将响野拦下来的客人们当然没有恶意，他们只不过是出于好心，想赶紧控制住被称作“怪人”的响野而已，弄清原委之后都赔了不是。

大家来到大堂，围在慎一四周。“究竟是怎么一回事？”成濑问道。

“我也不太清楚。”慎一挠头道，“一开始那个女子找我，说在找行李……”

“她就是叫宝岛什么的偶像兼演员。”响野接话道，“而她的粉丝刚好也在这里，就死皮赖脸地纠缠，结果在我艺术性的劝说下死了心，抢了墨镜拔腿就跑。他也是这里的住客吗？”

“谁知道呢。”慎一歪了歪头道。

“她真的是那个叫宝岛什么的明星？”久远问。

“我不知道。”慎一的模样看上去并非不知道，倒像是出于保密义务而装糊涂。事发后，酒店的工作人员为了隐藏女子的行踪而将其带走了。

“据说那明星擅自出走失踪了，这事还上了新闻，所以粉丝发现她时才那么激动。”

“为什么要躲起来呢？厌恶自己的工作？居然就这样住在酒店

里……”

“也许是整天窝在酒店房间里画漫画吧。”响野想到什么就说什么。

在他们聊天时，慎一被同事叫到前台去了，方才那一场小小的骚动似乎从未发生过一般。

“对了，久远，记者的月票夹顺利还回去了吗？”成濑问。

“哎，不太顺利。有个男人袭击了火尻。”

“男人？袭击？”响野不禁皱起眉头，“反正不是我。”可不能再被冤枉。

“他戴着头套。这里说话不方便，回头上了雪子姐的车再跟你们讲。”

一行人朝酒店大门走去。来到自动门前时，后面有人打招呼：“哎，久远哥哥。”转身一看，是刚才在咖啡厅遇见的小男孩，也不知他算不算是久远的朋友。“下次动物园再见。”他挥手道。

久远开心地回应，他两脚一前一后站立的姿势竟让人一瞬间联想起了火烈鸟。

成濑 II

まいる【参る】 ①“去”“来”的自谦用法。表示尊敬对方。“明日二时再～。”②“去”“来”的礼貌用语。③在神社、寺院或者墓地进行祭拜时的郑重说法。参拜。④地位高的人让地位低的人“去”或“来”时的用语。突出说话人的强势地位。⑤在力量或能力上输给对方，表示臣服。⑥面对无法解决的棘手情况时困惑、束手无策的心情。没辙。“他总爱说一些不大好懂的话，真是～。”⑦表示在困难处境下身心俱疲。“最近总熬夜，身体～。”⑧表示他人的死亡，带有贬低之意。⑨对某个异性完全着迷。迷恋。“他对老婆～。”

“熊猫其实挺复杂的。”从樱木町车站步行大约十五分钟，有一座六十多年前建成的动物园。在离入口不远的地方，久远看着懒洋洋的小熊猫说道。

“复杂？你是指难相处吗？”

“熊猫究竟属于哪一科，这个问题一直存在争议。它属于食肉目是没问题，但有人说是熊科，也有人说是浣熊科。实际上，小熊猫是两千三百万年前从浣熊科中分出来的，而大熊猫因为一直没有化石出土所以还不大清楚。不过现在小熊猫和大熊猫都被划到了熊猫科。”

“这些其实跟它们没有关系吧？只不过是人类擅自分门别类，对熊猫并没有影响。”

“人类就是擅长分类、贴标签、管理这些事。制作地图对人来说就像本能一样。”

“那么像我这种负责管理的工作，也是人类特有的？”

“不过你单位也挺不错嘛，还能在工作日来逛动物园。”

“这是为了工作。”

最近政府要举办一个向市民介绍动物园的活动，成濑作为相关部门的科长来考察，同行的部下因为别的事先回了办公室。成濑突然想到会不会久远碰巧也在附近，就向四处看了看，没想到久远竟然真在。

久远当时正蹲在一棵枝繁叶茂的树下，不知在做什么。成濑好奇地走上前去，发现他正盯着掉在地上的栗子看得起劲。

“干什么呢？”成濑问道。

久远缓缓回头，见是成濑随即起身道：“成濑哥，没想到在这里遇见你。这个可扎人了。”说着他便要去抓那布满尖刺的栗子壳。

“你想捡走这栗子？”

“可以吧，不可以吗？之前在其他公园碰到一个孩子说没见过栗子壳，所以我想拿一个给他看。”但久远没捡起栗子壳，而是理所当然地朝着小熊猫所在之处走去了。

“你可真喜欢这种地方。”

“这是我每天的必修课。”

“你快可以跟动物聊天了吧？”

“我才不呢，多可怕。”

“可怕？”

“动物们如果向我倾诉痛苦和仇恨，我可受不了。”

“也是。”

“说不定它们也把我们给分类了呢。人科，不正常类强盗属。响野哥呢，应该是谎话成瘾闹腾属。哦！对了，成濑哥，我注意到一件大事。”

“什么事？”

“你知道二〇〇二年一种名叫螳螂的昆虫被发现了吗？”

“螳螂？”

“有些像蚱蜢，但脚尖是朝上的，看上去就像是用脚后跟走路似的。”

成濑不明白为什么仅是昆虫和动物的话题就能让久远如此开心。“真有意思。”成濑并不是在评论发现了新昆虫这件事，而是在说神采飞扬的久远。

“那真是个了不起的发现……”

久远接下来的话成濑并未听到，因为被身后一个粗鲁的声音打断了。“哟！没想到在这里碰着。”

成濑转身，看到一个身着暗色粗花呢西服、身材矮小的男子。在这工作日的动物园里，男子显得有些突兀。他在笑，眼神里却透着不友善。成濑觉得似乎在哪里见过这个人，正试图搜寻记忆，久远开口了：“哎呀，真没想到。火尻先生，真是巧啊。”

男子就是曾出现在慎一打工的酒店里的记者，那个“不捡硬币先生”。

“嘿。”火尻挠着头，当然并不是因为头皮痒。他在笑，但笑容中没有丝毫亲切。“碰巧来这里，没想到竟然遇上久远了，真是要感谢神明。上次的事多谢了。”

火尻在说谎，成濑一眼就看出来了。光是来这座动物园就得走很长一段路，没有人会“碰巧”来到这里。火尻怎么会知道久远的行踪呢？成濑思考着各种可能性，立刻有了结论，但他觉得此时说出口并不是上策。

“火尻先生，那之后你没事吧？有没有被其他人袭击？”

“真要被袭击了就不会站在这里了。”火尻摊开手道，那副样子就像一个厚脸皮又滑稽的远房亲戚，看上去诡计多端，有着使不完的手段。不好惹——成濑的脑海里闪过这个念头。“哎呀，能再见面真是太好了，上次连名片都没给你。”火尻说着，从口袋里取出名片递给久远。

“知道凶手是谁了吗？”

“凶手？哦，那事啊，我早就没放在心上了。应该只是有人碰巧捡到了房间钥匙，打算趁机偷点值钱的东西。”

“可是，他连头套都准备好了……”

“久远，你很了解那些事吗？”火尻的表情变得不怀好意起来。

“那些事？”

“偷窃呀什么的，犯罪的事。比如说抢劫。”

“什么意思？”久远反问道。他似乎真的没有明白对方话里的意思。

“唉，”火尻忽然话锋一转，“我现在真是没辙。”

“没辙？因为谁？”久远立刻追问道。或许他以为火尻之所以没辙，是因为迷恋上了什么人。

“当时我在那家酒店本想抢一条大新闻。”

“对，你说过。怎么，被其他记者抢先了？”

“不是。”火尻又挠起了头，不知是因为不想说还是在烦恼着究竟该说多少，“你可能也知道了，宝岛沙耶当时就住在那家酒店。”

“哦对！的确是在。”

“她失踪了一段时间，我好不容易查出她的下落，想赶紧做个头条，所以才住在那间房里。”

那之后不久，宝岛沙耶的行踪就被公之于众。大堂里的骚乱以及她被粉丝认出并抢走墨镜一事虽不至于闹成大新闻，但也可能让她觉得无法再躲藏下去。没过多久宝岛沙耶就召开了新闻发布会并解释道：“因为接到来自国外的电影邀约，压力太大，心情始终无法平静，才以擅自出逃的方式躲在酒店里生活。”这一理由招致多方责难，但或许因为公开道歉时态度诚恳，对她的问责并未持续很久。

成濑是从响野那里听说这些消息的。在碰巧见了宝岛沙耶本人后，响野迅速转为她的粉丝，开始了解有关她的一切。

“我本打算高价卖出那条消息大赚一笔，有家媒体说想要这样的新闻。”

成濑盯着火尻，这一句不是谎话。

“结果白忙活了一场。对了，你怎么知道她住在那家酒店？”

“这个嘛……”火尻顿了顿，似乎接下来的台词十分重要，“消息来源保密，倒是你的伤怎样了？”

“伤？”

成濑立刻将视线移往久远的左手。

“哦，你说这个？快啦，已经好得差不多了。”久远轻抚着缠在手上的绷带回答。

“这条新闻不知你看过没有？”火尻取出一本杂志，哗啦哗啦地翻了起来。成濑明白眼下的情况对他们非常不利，但现在设法抽身只会让事态变得更加复杂。他已经看到对手的底牌，但还是得等对手自己一一翻开。

成濑瞄了一眼被推到久远面前的杂志，白纸黑字列着好几条新闻，其中一条的标题是："注意银行劫匪的左手！"

那个银行警卫可能太希望得到肯定，到处宣扬自己当时的勇猛表现，反复提及"我扔出去的警棍砸到劫匪的左手"。这条新闻虽在揶揄警卫小题大做，但火尻肯定已经将这件事与久远联系到一起了。

"火尻先生，你觉得我会是干得出那种坏事的人吗？抢劫银行可是个力气活。"久远眯起眼睛，看上去就像一只小熊猫。

"人不可貌相，这话也不假。"火尻丝毫不掩饰对久远的怀疑，"我采访过那么多人，其中也有不少让我觉得'这人竟然是这样'。有的小伙子看上去很不起眼，长得就像豆芽，一旦发起疯来却可以将成年壮汉踹飞；看上去端庄又知书达理的小姑娘其实是卖淫团伙的老大……退一万步说，就算是案件被害人也不代表就是圣人君子——"

火尻的话戛然而止，原来有人打来了电话。他看了一眼来电显示，"啧"了一声后放到耳边，表情变得和刚才面对成濑二人时完全不同，显得极其不耐烦，可以想象这才是他的本性。

"我不是说过了吗！"火尻对着电话那头发火。这不像是故意做给成濑等人看的，他只不过是忘记了另外二人的存在，过于情绪化了而已。"都跟你说了，就用我给你的材料。怎么不行？你只管用我拿给你的东西好好做就行！"

成濑推测找火尻的人打来电话是为了商议新闻稿的事。从谈及别人的不幸和负面新闻时的态度可看出火尻的为人，他对别人的人生会变成什么样毫不在意。

"谁打来的电话？"通话结束后，久远问火尻。

"给我写稿件的人，真是一点都不中用。"

“那你还用？”

“我负责爆料，他负责写稿，可每次总是这啊那啊的，鸡毛蒜皮的小事说个没完，真烦。听我的不就好了？可他非要顶嘴。哎，刚才说什么来着？哦，对了，人不可貌相。”

“你说被害人也不一定就是好人。”

“对，就是这么回事。我曾经查过一个在无差别杀人案中被砍伤的女人，看上去是个相貌清纯的上班族，背地里却在色情场所工作。”

“我不觉得色情工作者就和其他人不一样。”久远说。

“久远，你倒是挺率真。”火尻的语气像是在嘲笑年轻人的单纯。成濑心想，火尻定是没能理解久远话里的意思。久远并不认为人心都是美丽而善良的，他甚至早已对此失望，觉得人类已经无可救药。

果然，久远紧接着说：“不管是在色情场所还是在外交部工作，都没什么差别。不管什么人，骨子里都好不到哪里去，还不如被这里的动物给吃了呢。”他挥手指了指园内的动物，“当然也包括我在内。不过火尻先生，你专程来这里总不会就为了说这些吧？哦，不对，是碰巧。你碰巧来动物园，碰巧遇到我，而且又碰巧揣着这本杂志。火尻先生，你也喜欢动物吗？”

“并不，不过我喜欢吃动物。”火尻嘿嘿地笑了起来。

“这里好多动物都不能吃。”久远指了指四周。

“我是出了名地喜欢吃野味。有许多东西看上去不能吃，不过仔细找找肯定有能吃的部分。”

“是吗？”

“总之见到你太好了，上次的事也跟你道谢了。”火尻道，“那么再会。”说罢他便转身朝出口方向走去。

“看样子他还打算再来呢。”

“来了也不会好好看看动物。”久远不悦地噘着嘴，“不过他怎么知道我在这里呢？连我的名字都知道，火尻先生的调查能力真是令人生畏。”

“估计是……”

“嗯？你知道？”

成濑心想，火尻和久远只在酒店见过一次面，如果自己是火尻，会从哪里入手调查久远的下落呢？久远一直过着野猫般的生活，就连成濑等人都不知道他究竟住在何处，跟踪和调查这样一个人必然大费周章，在没有任何线索的情况下更是难上加难。而且，如果他查到久远的住处，就没有必要大老远跑来动物园。所以，火尻掌握的恐怕只是“久远经常去动物园”之类的信息，才找到这里来，而知道这件事的，除了成濑等人之外并没有几个。“估计是当时在酒店里碰到的那个孩子吧。”

“啊？”

“那天不是有一个孩子来跟你打招呼吗？走的时候你们还挥手道别，可能被火尻看见了。”

“当时火尻应该在十六楼啊。”

“也许他得知宝岛沙耶在大堂引发骚动后下楼了呢？”

“他在十六楼也能知道？”

“宝岛沙耶住在那家酒店，而火尻设法住在了同一层，恐怕酒店的工作人员中有人暗中协助火尻。”

“这样啊……”

“只是猜测。不过如果真是那样，宝岛沙耶在大堂引发骚动后，有人给他通风报信就不足为奇了。”下面出事了，这可是采访的好机会。

“于是火尻立刻下楼来到大堂……”

“宝岛沙耶已经走了，不过他看到孩子正跟你挥手道别，还说‘下次动物园再见’。”

可能火尻还问了孩子是否认识刚才的哥哥，孩子虽然讶异，可还是告知了久远哥哥常去动物园一事，或许连动物园的名字也说了出来。那么，从那时起久远的姓名就已经暴露了。

“可事情都已经过去那么久了，我这段时间也常来动物园，如果他当时就知道了可以更早些来找我呀！”

成濑轻轻叹了口气。“我也不希望事情像我想的那样，不过他可能早就知道你在这里了。”

“什么意思？”

“可能为免打草惊蛇，他决定先观察你一段时间。既然他怀疑你是银行劫匪，那么很有可能是在等你跟其他人接触。”

“其他人……”久远指向成濑，“难道他也怀疑成濑哥你了？”

“谁知道呢。还好没给他名片。最近你跟雪子和响野见过面没有？”

久远一副思考的表情，像在翻动脑海里的日记本。“前天我见过雪子姐。”他懊恼地说道，“她家附近有人丢了一条狗，我帮忙找来着。”

“是吗……”

“狗还没找到，它跑去哪儿了呢？”

“这样啊……”

“该不会出事了吧？据说那条狗挺凶的，一看见人跑就冲上去咬腿呢。”

“狗倒是没事……”成濑感觉胸口恍如烟雾缭绕般不舒服，“可要是火尻也查过雪子，那就麻烦了。”

“但是这个火尻，他查我们是打算干什么呢？”

“丢掉宝岛沙耶的大新闻让他损失不小，可能他想补回来吧。”

“我们的新闻……能卖那么多钱？”

“他恐怕不是要写新闻。”

“那还能怎么样？”

“假设我们是个抢劫团伙——”

“这顶多也就万分之一的可能性。”

“那么他很可能觉得，就算从我们手上把钱抢走，我们也不敢去报警。”

“他怎么才能从我们手上把钱抢走呢？”

“这我就不知道了。总之，火尻可能正因缺钱而没辙。”

“据说这世上百分之九十的麻烦都是因为钱。”

成濑想起了某个英国政治家的名言。“世界上有三种谎言：谎言、该死的谎言和统计数据。”

“要我说，”久远开口道，“这话本身也是个谎言。”

雪子 I

あたる【当たる・当る・中る】 ①移动中的物体撞击到其他物体。冲撞。“你～我车了，怎么解决！”②物品或身体的一部分和其他物体强力碰撞，导致损坏或感到疼痛。③通过投掷或射击击中目标。顺利命中。④接受日照、风吹或雨淋。⑤推测或推断同现实吻合。⑥在抽奖等活动中获得奖品。

“我算了一下，结果还挺意外的。”坐在副驾驶座的慎一忽然来了一句。

日落之后的马路上，雪子的车行驶在三条车道的正中间。“算？”她反问道，“我还以为你上大学后就再也不学习了呢。你要计算什么？打工的工资吗？”

“妈妈像我这么大的时候已经生下了我。”

“这又不是什么难算的事。”雪子的车在等红灯的车后面停下。信号灯的时间她都记住了，从家到慎一打工的酒店的地图也都在脑海里，其实她完全可以将停车的次数减至极限，一路不停地驶向目的地，但并没有那样做。慎一现在是大学生，和他共处的机会本就不多，更没有必要刻意削减。雪子选择了顺其自然，就算得停下来等信号灯也无所谓。

“一想到如果我现在有了孩子，那可真是够呛。”

“怎么个够呛法？”

“明明自己还有好多事情想去尝试呢，竟然得去带孩子。”

雪子忍不住笑了。“我当时可没想那么多。不过倒也不假，我二十几岁的时候为了把某人带大，可是吃尽了苦头。”

“我觉得那个某人也不是故意的。”

“其实那时候，也不全是得咬牙去忍受的事，绝大多数都是好的。我觉得最对不起你的是让你有一个那么差劲的爸爸。”

“要是没那个人，也就没有现在的我了。”

“你要想感恩，就把他当祖先看待吧。不管祖先当初做过什么坏事，都跟现在的你没多大关系。”

平时慎一去酒店打工都是自己坐公交，但今天从学校回来已经不早了，而雪子刚好在家，就开车送他。

雪子觉得，过去的自己如果知道将来要亲自送孩子去打工，一定会很失落，可能还会看不起自己——这是溺爱！可转念一想，孩子有困难，自己又正好可以出手相助，并且孩子也不抵触，那自然是想去帮的。雪子在心里跟十几岁的自己争辩，仿佛看到对方正以一副不可理喻的表情歪头看向自己。

“哦对了，之前我说过的那个在驾校认识的朋友……”慎一看着窗外从旁驶过的汽车，装作不经意地说道。

“驾校？朋友？”

慎一“哦”了一声，转头看向雪子。“那事我是跟祥子阿姨说的。”

“驾校的朋友怎么了？”

“没什么。”

“新认识了女孩子？”

“是男的。”慎一连忙否认。就算不是成濑也能看出他在撒谎，雪子无奈地笑笑，没再追问。强迫他说出来也挺尴尬，回头去问祥子就好。

没多久，雪子注意到了后方的可疑车辆。此时红灯已经结束，车辆都陆续行进起来。一开始她只觉得后方黑色车的跟车距离太近，从后视镜看不清驾驶员，只能辨认出是男人。随后她又看了看前挡风玻璃，发现前方车辆的车速也有问题。考虑到自己的车速和与前车间的距离，雪子感觉前车的加速和减速并不正常。

这是从什么时候开始的呢？雪子开始回忆。

一开始前车一直跟在自己车后，是在上了这条路之后从右车道超上来的。

难道是碰瓷？一辆车紧跟在后面施压，好让自己踩油门提速，前车再看准时机猛刹车造成追尾。两车配合制造追尾事故，然后就是威胁恐吓试图骗钱。这种人通常都会说：“你撞到我车了，怎么解决！”

可能在他们的观念里女人就开不好车。被对方小瞧让雪子不堪其辱，她开始较起劲来。

“慎一，先送你到这里，接下来自己走去酒店可以吗？”

雪子开始有意识地和前车保持车距。她能想象得出对方必然在通过发动机制动配合手刹减速，就是为了不让刹车灯亮。她朝四周看了一眼。

已经进入左侧设有路边停车位的路段，路本身是三车道，但左车道因为停满了车实际上只能算两车道。右车道上的车也很多，想开到那边并不容易。

猛踩刹车让后车追尾是另一种方法，但这样也会带来相应的麻烦。自己的车受损不说，对方也可能不配合理赔。

“倒也不是不行，我在这里下车吗？”

“嗯，你先换到后排座位去，方便快速下车。就是驾驶座后面的位置。”

“啊？换到后排方便快速下车？什么意思？”

“快点，去后面把安全带系好，十秒钟之内。”

慎一反应很快。他从母亲的语气知道那并不是玩笑，也知道母亲本来就不是会开玩笑的人，尤其是她开始计算时间的时候就代表有什么重大的事情要发生了。慎一快速解开安全带，从驾驶座旁边爬到后排，坐在靠右侧的座位上。雪子轻踩刹车，拉开同前车的距离。

“安全带系好了没有？”

“哦，现在系。可是……”

“怎么了？”

“如果靠边停车，我坐在副驾驶一侧下车不是更方便吗？”[①]

人行道在左侧，慎一的想法合理。雪子想解释但时间不够，只说了一句“我掉个头”，同时有意识地加速，缩短刚才拉开的车距，踩刹车，随即转动方向盘。

左车道的停车位刚好还空着一个。雪子的车逆时针旋转，几乎画出了 V 字形，将车头掉转至行进方向的反方向，并且刚好滑进路边的车位当中。

轮胎似乎冒烟了。

---

① 日本汽车靠左行驶，所以驾驶座位于车右侧。

“好了，你路上小心。”雪子说。

这突然的一百八十度掉头让慎一喘不过气，整个人都僵住了。雪子的话让他回过神来，转身就要下车，却被安全带扯了回去，他慌忙解开，这才来到车外。

雪子也下了车，站在人行道上寻找刚才前后夹击自己的车，可惜那两辆车早已开到前面去了。虽然看不到驾驶员的脸色，不过自己这下子一定让他们措手不及，以后他们再想像今天这样使坏的时候恐怕就会多留个心眼，提防前车突然漂移驻车了。

她重新回到车上。过路行人诧异地看着这辆反向停进来的车。雪子看准车流的间隙再次发动车，先逆行了一小段距离，随后掉了个头。

被碰瓷的盯上，这让雪子心里很不舒服。她刚在一个红灯前踩下刹车，方才下车的慎一就打来了电话。

“怎么了？”

“可能是我多心吧，我好像被跟踪了。”

“什么？”

“有一个穿西服的男人在跟踪我。”

“会不会是你在驾校新认识的那朋友？”

久远 III

いん—ねん【因縁】 ①佛学术语。因是事物生发的直接条件，缘是起辅助作用的间接条件。一切事物均由此二者作用而生。②前世注定的命运。宿命。“相遇也是一种～。”③存在很久的关系。联系。“从父辈开始就和这片土地有很深的～。”④事物的起因。由来。理由。⑤找碴。

一名身材矮小的老人呆站在路口，看上去毫无生气。久远早就看到了他，有些担心他是否贫血或者神志不清了，但转念一想若是动物另当别论，对人可没必要这样亲切，于是打算从一旁绕过。没想到老人竟主动搭话，好像一尊蜡像忽然活过来一般，让久远一惊。

“我想问路。”老人说道。

“你刚才一直像鲸头鹳似的不动弹，我还在想怎么了呢。”

“鲸头鹳？”

“是一种几乎不怎么动弹的鸟，头上的毛像睡乱的头发，嘴像一只大皮鞋。没听说过吗？”

“我不知道去医院的路……”

“医院？”久远看了一眼信号灯，又朝四周扫视一番，“哪家医院？动物医院我倒是知道。”

老人说了一家外科医院的名字。久远没听说过，只得取出手机查地图，很快找到后将手机屏幕朝向老人道：“喏，这就是医院，我们现在站在这个地方……”

老人晃了一下。久远以为他是要行礼道谢，却见他瘫坐了下去。不明所以的久远一下子愣在当场，可又不能撒手不管，于是扶起老人试探着问道：“没事吧？”而老人只是捂着胸口，一言不发地大口喘息。

“哼，看你干的好事！”

背后传来不怀好意的声音。猛一回头，只见一个陌生男子一脚踢了过来，将本就弯着腰的久远踢倒在了路上。久远立即蜷缩身体以防对方再踢过来，果不其然，男子紧跟着又是一脚。久远翻滚着避开，再一发力，顺势站了起来。

对面的男子戴着口罩，一身黑西服，站在不知何时已爬起来的老人身边。

“是你小子伤了他吧？”男子说。

“啊？我？”

“你从背后打他，我都看见了。”

“我怎么会打鲸头鹳呢？”

“镜头？”

“话说你又是谁？”

“我是这老头的朋友。”

“那你快带他去医院吧。”

久远知道纠缠下去对自己不利，转身打算离去，却发现另一个穿着西服的家伙正迎面走来。那人肩膀宽厚，还好没拿武器，不过看他那样子赤手空拳也够厉害。

“你们什么意思？”久远看向老人身边的男子。

“少废话！你小子快拿医药费出来。”

“什么医药费？”

“当然是这老头的。他受伤了，我马上要带他去医院。你把联系方式留下。驾照有吧？拿出来！”

“联系方式和驾照都没有。”为了表示自己一无所有，久远举起了双手。

走到久远跟前的男子二话不说就要搜他身。

“突然被摸却不咬回去的估计只有人类了。”久远说着，扭动着身子。

“别动！”男子从身后将久远架住。

老人身边的男子也走到跟前道：“钱包总有吧？”

以将老人碰伤为由勒索医药费这种找碴方式略显牵强，不过他们或许认为久远只是一个势单力薄的年轻人，吓唬吓唬就会乖乖掏钱了。为了不使久远轻易逃掉，他们还打算通过驾照获取个人信息。

久远时而手臂发力，时而扭动上半身，想试探从背后控制着自己的男子的反应。对方表现颇为沉稳，力量也够强。接着久远又观察起前方男子。这人瘦脸短发，细身长臂，身手还算敏捷，可能由于身着西服的缘故，看上去还有些像年轻白领，只是目露凶光。还有那个到现在还一直呆站着不动的老人，似乎也不简单。他一副畏首畏尾的模样，眼见久远被两个男子包围却无动于衷，就像木偶一般。会不会是受到了他们二人的胁迫？

“搜一搜他的口袋。”久远身后的男子说道。

其实不用他说，前方男子的手已经伸向了久远的外套口袋。

“慢着，小心吃苦头。”

“口气倒不小。”身后的男子嘲讽道。

话音刚落，前方男子就发出了尖厉的惨叫：“疼！”随后他猛地将手抽回。

这突如其来的惨叫让久远身后的男子方寸大乱，力道也随之减弱不少。久远趁机用脚后跟踢向男子的小腿，从他的控制下挣脱出来，然后右臂如同皮鞭一般朝其下巴打去，又一脚直踹向前方男子的心窝。随后久远再次转身扇了身后的男子一下，又一个转身踢向前方男子，就这样迅速地反复发动攻击，几乎都快分不清前后了。

两个男子倒下之后，久远走到老人身边。“还好吗？”他问道。

老人双眼瞪得很大，一副不明所以的样子。

“那我走啦。”久远打了个招呼便转身离开，还不忘对两个男子说了一句，“我不是警告过你们吗？小心吃苦头。”

成濑 III

ひょう—てき【標的】 ①射击、射箭等运动中使用的靶子。②攻击目标。“成为敌人的～。”③模范，榜样，努力的目标。

成濑乘坐的地铁列车有些拥挤，但还没到所有人都抓着吊环挤得严丝合缝的地步，平日里差不多就是这个样子。

今天有个聚餐，为的是欢送一个即将休育儿假的男性职员，成濑参加完聚餐走在回家路上。那名职员的工作能力尚可，只是粗心易出错，就连这最后的节骨眼上，还被成濑发现少交了材料，最终只得由成濑带着印章和印泥，在聚餐时让他现场填好盖章。“接下来在家带孩子，科长不在身边我心里还真没底。”这样的职员有些可爱。成濑说道：“别忘了去办出生证明。”结果他竟然来了一句：“那是什么？”弄得成濑哭笑不得。

窗外的光景被夜晚涂抹成漆黑一片。

成濑右手抓着吊环，看着车厢屏幕里播出的广告。那些宣传词就通过这样的方式被灌进一个个结束了工作和学习、带着疲惫走在归家路上的大脑。

坐在他面前的有睡得很熟、快打鼾的中年上班族，有一直在摆弄手机的男子，还有拿手机玩游戏的女人。

差不多是时候金盆洗手了，成濑琢磨着。抢银行这份危险且不被人接受的工作继续做下去没有什么好处，而且现在他们也不像以前那样需要钱了。

前些天在动物园遇到火尻也是让成濑产生这种想法的原因之一。光凭久远左手的伤，他写不出将其同银行劫匪联系到一起的文章，但如果他真的为钱所困，很有可能会将久远当作救命稻草死抓着不放。

反正抢银行这事，短期内还是停一停比较好。

一名男子站到身边抓住了吊环，起初并未让成濑起疑。他像是从其他车厢一路找来的，碰巧这里有空位就钻了进来。他戴着眼镜，穿着一身西服，看上去再正常不过。他站定之后就开始用手机发起了信息。成濑不经意间朝背后瞄了一眼，只见一名年轻人正翻开一本英语会话教材。在这群要么摆弄手机要么睡觉的人中，难得有人翻出英语会话教材学习，但也算不上可疑。

成濑透过鞋子感受着因列车摇晃而产生的震动，再次漫不经心地看向车厢内的屏幕。

站在右边的男子将身体稍稍靠近了一些，这使得他的包撞上了成濑的腰。成濑看了他一眼，他立刻道歉说："不好意思，我没站稳。"

他在说谎。

他很明显在掩盖什么，可究竟是什么，成濑还不清楚。

成濑正思索着，列车进站停下了。第一个走入车厢的是个身着白色衣服的女人，她穿着十分暴露，身上的香水味很浓，站到了成濑身旁。

成濑想换个地方，可乘客越来越多，不方便挪动。

对面车窗里映出成濑和其他乘客的身影，他们就好像飘浮在黑色的夜幕中一般。身旁的女人打扮入时，一头烫得精致的鬈发。

成濑将一直拿在左手的皮包换到右手，佯装找东西在里头翻了几下。

他有不好的预感，接下来打算双手拿包，同时抓着吊环。可就在这时，他的左手被抓住了。

“住手！”身旁的女人大喊。

不好！成濑心想，同时感叹自己果然没猜错。周围乘客都看了过来。

成濑扭头，只见女人怒目圆瞪。“这个人摸我屁股，还有腰。”她说。

“哎，怎么了？”身后有人搭话，是那个看英语会话教材的年轻人。

“这人要流氓了？”右侧的中年男子似乎生怕成濑逃跑，双手抓住了成濑的右手手腕。

“没有，我什么都没干，她肯定误会了。”成濑回答。

“可她说你摸了啊，我看你们还是在下一站下车去说吧。”年轻人一口气说道。

坐在成濑面前的几名乘客没有想到要流氓被抓现行的戏码竟然会在眼前上演，眼珠子滴溜溜地来回直转，最终还是看向成濑。可能他们觉得有义务好好记住这张脸，万一色狼逃跑了，自己还能做个人证。

“有道理，下一站下车说清楚比较好。”中年男子道。

“不是，不好意思，是她冤枉我了。”成濑只有这样回应。

“你绝对就是用这只手摸的。”女子抓着成濑的手挥舞着，就像在展示捕获的猎物。

“我没有，我一直拿着包呢。”

“你摸的时候包放地上不就行了？”

“没有。”成濑说，“你能不能把我左手放开？”他要求道，“让大家看看我到底有没有做过不好的事，让大家来做证。”成濑看向四周。

成濑发现包括年轻人在内的所有人都死死地盯着自己，仿佛在说：我们当然会好好做证。

女子将手松开，愤怒地说道：“绝对就是这只手摸了我的屁股。”

“这只手？用手指？”

“是。手指在我身上摸来摸去，可下流了。”

成濑吐了口气。“说起来怪不好意思的……”他张开一直握着的左手给众人看，“因为工作的关系我一直在盖章，手指上沾了好多印泥还没洗掉呢。”

其实这正是他担心事情会变成这样，刚刚才在包里拿印泥抹的。

女子伸长脖子紧盯着成濑的左手。成濑顺势将手伸到其他乘客面前。

“如果我真的用手指摸到你身体了，你那身白衣服上肯定会留下红色印记。你刚才……怎么说的？我的手指很……”

成濑面前的中年上班族不知何时已经醒了过来，赶忙接话道：“下流。”

“对，你说我的手指在你身上摸来摸去很下流。如果真的是那样……”

女子是否会就此罢休，成濑并不知道，她完全可以继续胡搅蛮缠。说白了，手指全部粘上了印泥这事本身就不太正常。

接下来会如何出招呢？成濑等待着对方的反应。

雪子 II

し—かけ【仕掛け】 ①做到一半。“～的工作。”②为他人所做的准备。③为达到某个目的刻意做的事。④机械装置。⑤做法。应对方法。⑥准备。常指餐食的准备。

“成濑，没想到你居然差点被人诬赖成流氓，还抓了满手印泥。真是惊险刺激。”响野乐呵呵地说道，“最后呢？结果怎样？”

“那个女人表情尴尬地在下一站下车了，周围还有好几个人也跟她一起下去了，应该是一伙的。”

成濑刚说完，响野就难以置信地摇头道：“你的印泥计竟然真的起作用了！”

“如果真用被染红的手指摸过她，颜色肯定会染到衣服上。这个辩解很有说服力，敌人处于劣势。”久远叼着一根吸管说道。

“雪子最后怎么样了？慎一被跟踪了吗？”响野问道。

时间已经过了夜里十点。两天前久远突然打来电话，问“最近雪子姐周围有没有什么可疑的人”。雪子马上回答说有，她被两个碰瓷的盯上，随后慎一也被跟踪。

“果然。”久远道，想着大家还是见一面详谈，“在响野哥的店里集合吧。注意不要被跟踪，从后门走。”

“出什么事了？我们被什么人盯上了？肯定又是你或阿响闯的祸吧？”

“唉。如果我是雪子姐，肯定首先想到的也是这两个选项。”

见面一聊才知道，久远才是最初的起因。那个姓火尻的记者一直在跟踪久远。

“我怎么可能闯祸呢？”响野语气夸张地说道。

“随后我告诉了慎一接他的地点。去那里一路上信号灯的时间我都知道，我开车赶到后就让他直接上车了。”

“确实是被跟踪了？”

“是的，跟之前碰瓷的人有没有关系就不清楚了……”

“按理来说，应该有关。”成濑说。

“诬赖阿成要流氓的也是？”

“应该是。”

“对了久远，你小子刚才说的那事啊，为什么那人会痛？”

“什么啊？”

“不是你刚才讲的吗？两个男人故意找碴说你弄伤了老人，前后夹击了你，然后其中一个伸手去搜你的口袋。”

“哦，是栗子。”

“栗子？”

“动物园里有一棵栗子树。对了，成濑哥之前也见过。”

“当时你还说想拿一个给孩子看什么的。”

“对。所以后来我去的时候，就装了几个在口袋里带走了。”

“你是说……他是被栗子壳上的刺扎的？”

“响野哥你摸过栗子壳吗？被扎到特别疼。而且他肯定没想到我口袋里装着栗子，在毫无防备的情况下被扎到……”

“嘿，确实，谁会想到你口袋里装着栗子呢？”成濑苦笑道。

“谁都想不到。”雪子也忍不住笑了。任谁也想不到一个老大不小的年轻人口袋里会有栗子，她甚至开始同情起那个被扎了手的家伙来。

“那么，我们来总结一下吧。这究竟算怎么一回事？到底发生了什么？”响野扬起一边眉毛道，“成濑被诬赖耍流氓，雪子遇上碰瓷的，久远被敲诈医药费，这肯定不是偶然。同一时间屡次发生不幸，总没有这样巧的事吧？”

“也是。”

“那么，这是为什么呢？都是同一个人的阴谋吗？”

“这就不知道了。不过……动机还是可以推测的。”

“什么意思啊，久远？”

“刚才也说了……”最终还是成濑来分析。久远偶然在酒店帮助了一名记者，结果被那人注意到左手有伤。记者火尻正因为钱的事烦恼，可能是为了弥补错失宝岛沙耶的新闻头条所带来的经济损失，他开始纠缠久远。“可能他觉得银行劫匪肯定有钱，而且就算遭到暴力恐吓也不会报警。当然了，凭火尻一人之力是无法做成的，所以他可能还找了一些谙熟此道的同伙。”

“就是那些碰瓷的和诬赖人的？”

“具体细节就不知道了。比如说也可能是火尻说服了债主，说虽然自己无力还钱，但只要威胁一下那几个家伙就能轻松弄到钱。”

“不过实际上可没那么简单。”雪子道，“如果他们能知难而退就好了。”

“那种人会轻易放弃吗？”

“可能性还是有的。”成濑的声音短促而有力，“凭认真工作去赚钱很辛苦，不走这条路而选择威胁他人夺取钱财的人，多半是企图不劳而获的家伙。如果他们意识到事情并不简单，或许会收手。”

“是这么回事。不过，不放弃的可能性也是有的吧？”

“都是因为我，事情才会搞成这样……”久远用已经拆掉了绷带的左手挠着头道。

“别放在心上。”

“响野哥，你真好。”

“这，就是优秀男人吃亏的地方。除了自己之外，我对谁都不抱期待。所有人都会犯错，而我只得每次都去帮助他们，这就是命。我对他人的错误早已习惯啦。”

“对对对——”雪子下意识地敷衍道，本来还担心响野听到会不高兴，可此刻的响野看上去满脸都是陶醉的表情。

“这不是久远的错。”成濑也开口道，“只能说我们倒霉，遇到一个难缠的记者。总之今天见面就是让大家心里有个准备，今后可能还会碰到可疑的家伙故意找麻烦。”

“总是这样小心防备着，感觉也挺累的。”雪子说出心里话。如果每次开车出门都必须漂移停车，那简直麻烦至极。

“还是先详细查一查火尻比较好，我去田中那里打探打探。”

“对，我也是这么想的。”

“阿响真是什么事情都想在前头。”雪子调侃道。响野照样不在意。

“事情发展到这一步，我还真想知道当初在酒店房间究竟是谁袭击了火尻。”

“是啊，不知道是入室盗窃还是恨火尻的人故意针对。”

“也许是像我们这样被火尻纠缠的人动怒了？”

“那个火尻也不知道袭击他的是什么人？”雪子看向久远。

“火尻当时坚信是入室盗窃，也有可能他在故意隐瞒。对了，电梯口附近有防盗摄像头，去查一查不就知道凶手的长相了？”

“那边也去查一下吧。”成濑看了一眼久远，随后又将视线投向雪子，“久远和雪子，你们俩能去把监控录像拿回来吗？”

“要试试才知道。”雪子回答道。

“这么一说，我还真是有点不乐意了。”响野环抱起胳膊道，“且不说现在还不确定是不是火尻干的好事，成濑你们几个都遇到了麻烦，可他们怎么就不来找我呢？”

“你就为了这个不乐意？”

“他们不来找我让我感觉自己受到了排挤。”

“依我看，火尻在动物园找到久远之后，又继续跟踪了他一段时间，因此才看到久远上了雪子的车，当时应该是……”

“为了找一条狗。”雪子说。

“还没找到吗？”

“那条狗很凶的。”

“那个就先不管了。总之火尻根据车牌查到了雪子家，这对他来说应该是小事一桩。而我则是因为在动物园跟久远见面时被他看到了。”

“不过成濑哥你当时并没有给他名片啊。”

“很有可能他从我穿着西服推测出我去动物园是为了工作上的事。我的确是因为工作才去的动物园，跟那边也经常联系。所以火尻只需要去动物园管理室随便编个适当的理由，就可以将我的工作单位、部门和职务情况拿到手。”

“可是，光凭跟久远有接触这一点就断定我们是抢银行的同伙继而设计陷害，也太简单粗暴了吧？万一我们只是久远的普通朋友，那他怎么办？”

“最有可能的情况是，火尻已经将久远身边的人全都排查了一遍，最后得出的结论让他盯上了我和雪子。又或者，他可能觉得就算我们不是银行劫匪，只要肯拿出钱来他也赚到了。”

“如果是后者，不光你和雪子，其他和久远接触过的人应该也都成了攻击目标。久远，你最近还见过谁？”

“还见过谁？见过黑白疣猴、长尾林鸮，还有我家附近的杂种狗……”

见久远一脸认真地掰着手指，雪子不禁笑出了声。

“从那些动物身上肯定榨不出钱来，火尻大概放弃了吧。你小子就没有其他人类伙伴吗？成年的人类伙伴。”

“除了抢银行的伙伴之外？那肯定没有。”久远理所当然似的回答道。

“总之，响野你和久远之间的关系还没有暴露，所以才没被碰瓷，也没被说要流氓。如果你觉得受到了排挤不开心，我可以去找火尻，说你一个人怪寂寞的，请他一定也替你做些什么。”

“你怎么去跟火尻说？”

“他倒是给过我一张名片。”久远接话道，“我还以为这辈子应该都跟名片这种东西沾不上边呢。”

“对了！”说话的是一直在吧台里面认真擦拭杯具的祥子，她走到雪子身旁坐下，“之前这家伙不在的时候，有人打电话来说是神奈川县警。”

“警察？”久远的脸色变得阴沉起来。

“他当时说‘你丈夫开车撞了人’，还说被撞的是个孕妇，虽然自己没事，但孕妇昏迷不醒了。”

“哎呀，真可怜。”响野打心底里露出同情的神色。

“然后，电话又换给了孕妇的丈夫，他说要申请民事调解。”

“这不就是典型的电话诈骗吗？”成濑冷静地说道。

“就是啊，不过一听说是警察我就有点慌了，竟然没有怀疑。说着说着，那人又说不赶快把调解费汇过去的话，就要被起诉承担刑事责任。”

“你汇了？”

“我当时的确是脑子乱了，完全冷静不下来。不过后来那人竟然说了这么一句话：‘你老公吓得一句话都说不出来。’”

久远轻声笑了。“响野哥？一句话都说不出来？”

“我也愣住了，那家伙怎么可能一句话都说不出来？这才开始起了疑心。”

“喂喂喂，你当我是什么人了？真要是出了那样的事故，我肯定会吓得说不出话啊。”

“或许吧。”祥子也表示认可，“不过，多亏他那句话我才意识到是诈骗。”

“成濑哥，这会不会也和火尻有关呢？”

听到久远的提问，成濑歪起了头。“应该只是电话诈骗吧，不过火尻一手策划的可能性也不是没有……”

“电话的事你怎么没跟我讲？”响野看着祥子问道。

“反正你也只会废话个没完，我嫌麻烦。”

“对对对……”雪子点头道。

第二章

“坏蛋们”为防引火烧身而四处打探，可越是提防，火却越旺

莫要自找麻烦

成濑 IV

ボウリング【bowling】 ①一种竞技项目。将球扔到球道上，球道尽头摆有十个球瓶，通过击倒球瓶的数目来决定胜负。其前身是中世纪的“九柱球”，十七世纪传至美洲大陆并盛行，但于十九世纪四十年代被认定为赌博行为，遭到法律禁止。②一直宅在家里的田中接触外界的原因。

地铁站附近的保龄球馆内有十条球道，今天是周六，但还是有几条空着。成濑二人的球道在最左边。

田中豪放地扔出球去，清脆的撞击声随之响起，接着他便一瘸一拐地往回走。“没全中。”他懊恼地歪头道。

“打得真不错。”成濑此话并非奉承，而是由衷佩服，“什么时候开始玩的？”

“玩了快两年啦。我家附近建了一个超大的保龄球馆。哼，当时真是吵死了，让我一肚子气。”

成濑这才意识到最近这两年都没有找过田中做事，而田中的生活也在这段时间里发生了变化。

田中同母亲在绫濑站附近的公寓里一起生活，一直以来几乎足不出户。他擅长提供跟防盗和安全保障相关的服务，不管是实质性的还是理论性的，同时还研发了很多好用的小玩意出售。不知道除了成濑等人之外，他还同多少人保持着业务往来，看上去生意似乎还不错。成濑一直以为田中会永远过着近乎与世隔绝的生活，但没想到这次联系时田中居然提出在横滨的保龄球馆见面，还说最近迷上了保龄球，这让成濑很是意外。

“那个突然建起来的保龄球馆让我很不开心，趁没事的时候我就把那里给黑了。我本打算扰乱那里的管理系统，实际上也做得差不多了，不过慢慢竟开始对保龄球的规则有了兴趣。我以前一直没接触过那玩意，因为腿有点瘸嘛。不过后来我查了查，觉得有些意思，就去了一次。我挑了工作日的白天去的，也没什么人。”

“这样啊。”

“结果发现还真是有意思。唉，最开始当然是一只球瓶也打不中，所有人应该都是这样，我就苦练。嘿，这游戏真是太有意思了。瞄准二十三米长的球道尽头，把一个六七公斤重的球扔出去，这在家里肯定玩不了。保龄球馆实在是个难得的好地方。”

“结果现在已经能得这么多分了。”成濑看着显示在头顶屏幕上的分数说道。第七局结束，田中已经得到一百五十多分。

成濑站起来，手指插入球洞。他看了看球道尽头，迈出脚步，摆臂，扔球。保龄球旋转着发出沉闷的声响撞向球瓶，最终球瓶剩下两只，不过是隔开的分瓶。

“可惜啊，本来可以一球全收的。”田中漫不经心地说着，看上去很有气势，可在成濑看来却有些滑稽。“要不要我教你？”

“免费吗？”

“看在你成濑的面子上，给你算便宜点吧。”田中表情严肃地说，“对了，你让我查的事我查过了，跟预想的一样，那个火尻不是什么好人。”他摆弄着刚摘下来的手套继续说道。

“他确实是记者吗？”

“是。他干的事并不算穷凶极恶，怎么说呢？他很擅长写那种读者想看的文章。”

“读者想看的？”

“作为读者来说，读到平时看不顺眼的家伙做了见不得人的勾当，自然想去骂个痛快，还喜欢拿来跟自己比较，觉得那种人实在无可救药。而面对那些出众的个人或企业，如果从文章中读到他们其实做了这样那样的坏事，就会觉得他们和自己一样，再去评判两句，就会很开心。”

“人有好奇心和偷窥欲，这确实无法否认。”

“你也有吗？”

“那当然。”嘴上这样说，但其实成濑对别人的言行并无太大兴趣。

“我会把关于火尻的信息整理成书面报告给你。简而言之，他好像到现在都还在追查一些知名女演员的私生活。”

成濑想起上次火尻也是在跟踪一名行踪不明的明星。

“他拍下那些走清纯路线的女演员们烂醉后的不检点行为登到杂志上，结果遭到粉丝们的怨恨，还收到很多恐吓信。”

“其中个别人对他的人身安全进行威胁也不是没有可能。”

“他还去挖名人们的老底，再添油加醋地炒作一番。”

“其他呢？娱乐圈之外他表现如何？他如何报道社会上发生的事？”

“基本上做法都大同小异。他写报道不是为了防止同样的事情再次发生，而是挖出事件相关人员的绯闻来吸引大众眼球。比如说食品制造商造成了食物中毒的事故，他就把总经理有情人的消息写成新闻。还有那些事故受害人的隐私，只要有看点，他全都要写进新闻里。”

“那些明明都是不相干的事。”

“他似乎对那些新闻有种误解，认为那是一种召唤，让他将相关人员的一切都写出来。哼。”

“以前就算了，放到现在他的做法会被人告上法庭。”

“那是当然，不过也有例外。我查到他曾经写过一篇关于无差别杀人案的报道。有个受害人获救，因伤住进了医院。原本大家都以为她只是一个在公司勤恳工作的女职员，没想到她还在色情场所工作。”

“这事他之前确实亲口说过。”

“他写成新闻，马上引起了轰动。这世道也真是有意思，同一个受害人，有人觉得她可怜而给予同情，也有人责难她‘不是什么好东西’。其中的界线是什么，我也不知道。可能人们喜欢这种‘表面清白单纯而背后另有隐情’的故事，所以才忙不迭地去指责，虽然被指责的对象只是个受害人。”

“总有人能做出公正的判断吧？”

“当然有，不过只是一小部分。大部分人都被先入为主的观念和直观印象所左右，火尻就擅长写这种带有煽动性的文章，读者也很受用。”

“确实没怎么见到有记者因为写稿太离谱而受到惩治的。”

“嗯，就是。多少会受一些批评，但还不到接受制裁的地步。”

“从这个层面考虑，火尻确实有可能招致了某些人的怨恨。”

“你知道吗？面对恶意中伤，自证清白最好的方法是自杀。”

“确实可以缓和舆论。”

“人死之后就不在意那些流言蜚语了。其实还有一种假死药，也是方法之一，让别人以为自己死了，等风头过去之后再偷偷地复活。”

“现在连假死药都有了？”

“最近正卖着呢，那玩意可不是莎士比亚的专利。”

“可是玩这种死而复生的把戏恐怕又得招致非议吧，大家会说那是为博得同情而自导自演的闹剧。”

“确实。”田中摇晃着脑袋，似乎在表示认可。

“关于火尻的最新消息是什么？他最近在追什么新闻？”

“你是说除了宝岛沙耶之外？”

“对。”

“他最近盯上了募捐。”

“募捐？”

“有人因为孩子要在国外做手术而发起了捐款求助，为了这事一大家子人都拼了命地四处求援。有消息说，他最近盯上了那些人。”

“难道火尻还打算写一篇文章来帮他们筹钱不成？”

“很可能。”

“看来他也有好的一面。”成濑嘴上这样说，心里却在怀疑，火尻真的会为了帮助他人而写文章吗？

“至于具体在做些什么就不知道了。”

成濑站起身，将手指插进球洞，扔出了第二球。伴随着一阵像是密集的鼓点又像是地面震颤般的声响，球撞击球瓶，最终还是剩下了一只。随后他回到座位继续问道：“火尻的家人呢？”

“他曾经有过一次婚姻，不过离了，现在是单身。原因嘛，好像是家暴。”田中一边调整手套，一边从球架上将球拿起。虽然腿脚不便，他依然将球流畅地扔了出去。保龄球画出一道柔美的曲线，准确地撞击头瓶，将球道尽头的十只球瓶全部击飞。

成濑对着往回走的田中鼓起掌来。

“保龄球不好的地方，在于它的最高分事先已经定好。你不可能拿到比三百分更高的分数。”

“对了，查到火尻的债主了吗？”

“哦，那倒是很容易查。火尻现在确实是火烧屁股。可能为了给前妻支付抚养费吧，他试图做一些来钱快的事，结果迷上了玩牌，越输越多。”

“玩牌？扑克吗？”成濑想起他们曾经去过的鬼怒川的地下赌场。

田中似乎猜到了成濑的想法，接着说道：“并不是那么大的赌场，是更私人的地方。一群大概二三十岁的年轻人在高级公寓里玩的会员制的牌局。”

“是那种通过耍诈狠宰有钱人的？”

“火尻去的赌场还算比较正规，没有特殊情况不会使诈，只不过赌场的人里有一个玩牌的高手。”

“不出老千？”

“不管是梭哈还是二十一点都有一定的手法，玩家的攻防能力也有强弱之分，经典的算牌方法在这种小赌场还是有效的，所以一旦出现目标，赌场方面就会动真格让玩家输，把钱全赢回去。”

“火尻就这样中招了？”

“不知道他是被盯上的还是自己送上门的，总之最后欠下不少钱。那赌场虽不使诈骗人，但似乎挺可怕的，如果还不上钱后果会很惨。”

“会危及生命吗？”

田中扬了扬眉毛以表肯定。“他们的头儿是一个姓大桑的，按公司的标准说那就是社长，发起脾气来很恐怖。他还有不少同伙，大锹形虫和深山锹形虫……”[①]

“那又是什么？”

“就是大桑和宫间呀。你说也巧了，他们这些人的名字发音怎么听起来就那么像锹形虫的名字。”

“这个锹形虫团队发起火来很可怕吗？”

“很可怕，身上要被种蘑菇。”

成濑一时没听明白，皱眉问道：“什么意思？”

“就是这个意思啊。冬虫夏草你知不知道？一种寄生在蝉或者蜻蜓身上的菌类，靠昆虫身体里的养分生长。冬天从外面看上去是虫但里面其实是蘑菇，到夏天就长出草来了。嗯……道理就跟那个差不多，应该可以算‘冬人夏草’吧。”

“火尻把这些写成新闻不就好了？”成濑耸肩道，“这样看来，找我们麻烦的可能是大桑的手下。”

“嗯……有这个可能。火尻向大桑那帮人透露说‘有一帮人是摇钱树’。他应该是想拿你们手里的钱抵债。”

事情和成濑的猜测几乎吻合。预想全中，但他高兴不起来。

---

①日语中“锹”与“桑”发音相同，均为KUWA；“深山”与下文出现的“宫间”发音相同，均为MIYAMA。

雪子 III

せん—にゅう【潜入】 ①不被发现地进入某个设施内部。混入。“听说过‘大逃亡’，却没听说过‘大～’啊。”②天文学术语，指恒星或行星隐藏到月亮背面的现象。③（又写作“仙入”）仙入科仙入属。具体细节稍后久远会解释。

“我还有五十秒进入大堂。”雪子拖着行李箱轻声说道。今天的她戴着假发和眼镜，还难得一身连衣裙打扮。裙子的尺寸较大，里面还塞了许多布，为的是让体型看上去更壮。

现在是晚上十一点多，酒店四周已夜色深沉。

“明白，明白。我这里一切都已准备 OK，潜入完毕的仙入。”久远的声音通过耳塞传来。

“潜入完毕的仙入？”酒店大门已进入视线。行李箱发出哗啦哗啦的声响，好像要将路面彻底碾碎一般。雪子计算着自己走路的速度以及与酒店的距离。

“有一种类似树莺的鸟，名字叫仙入，很可爱。仙入完成潜入。”

“能听得懂你这个玩笑的人，全国不知道能有几个。”

从田中那里买来的通讯用麦克风和耳塞十分灵敏，雪子的声音通过项链形状的麦克风被收取。

酒店大门打开，门童礼貌地打招呼。这个时间进出酒店的客人应该已经很少了，门童却无任何倦怠之意，举手投足都十分到位，让雪子心生敬佩。

“十秒之后。”雪子穿过大门朝前台走去。

同一时间，她看见一名身着警卫制服的男子从电梯附近走来。是久远。他边走边佯装检查四周情况。

由于是夜间，前台附近空荡荡的，只有两个服务生，四周十分安静。

雪子走近前台，对服务生说道：“请帮我拿一下行李。”说着她便将行李箱的拉杆收起并提了起来，同时还按下了拉杆上的按钮。行李箱自动打开，里面的东西撒了一地。

雪子轻声惊呼。这声音在安静的前台附近显得突兀，好似要将酒店里熟睡的住客们全叫醒。

服务生连忙赶来。“您没事吧？”说着便蹲下拾起地上的行李，有衣服、化妆用品，还有塞满整个箱子的网球正在地板上肆无忌惮地翻滚。

“都怪我一时粗心，怎么办才好……”雪子冷静地道歉，实际上她正为自己给服务生平添麻烦而感到罪过。

她稍稍抬头，朝前台方向望去。一名男子趁着混乱悄悄溜了进去，应该是久远。制服给人以心安的感觉，人们会以为穿制服的人是现场的工作人员，并因此打消内心“这个人为什么在这里”的疑虑。人只要认可了现状就会心安。向一名身着制服的男子质问“你的制服是真的吗”这件事需要相当过硬的心理素质。

“有客人在大堂撒了一地行李，也不知要不要紧。”耳塞里传来久远的声音。他应该已从前台进入工作间，正跟里面的员工说话。

“在哪里？”这是另一个男人的声音。不一会儿雪子就见到了声音的主人——一名年长的酒店工作人员从前台走了出来，来到雪子身旁，开始帮着捡网球。“您没事吧？”

“给你们添麻烦了，真的是非常抱歉。”雪子道歉，“都怪我。”

“哎呀，防盗监控的机器是哪个呢？”这时候久远泰然自若的声音也被麦克风收取，通过耳塞被雪子听见了。“原来酒店的后台是这个样子。”

雪子边收拾行李边在心里对久远说道：“别管那些了！”虽然她故意放慢了动作，但也不可能争取到超过三分钟的时间。久远能在这么短的时间内将监控设备里的数据复制下来吗？恐怕很难。雪子暗忖。

“啊，是这个。”久远又说话了，“雪子姐，好消息！我发现了有可能保存着监控录像的电脑！”

很好。就在这时，雪子发现一个服务生正试图合上行李箱，只得赶忙撒了个谎：“不好意思，应该还有两个网球没找到，可能滚到角落里了吧。”她小声地说道。

“雪子姐，坏消息！”耳塞里传来的声音带着兴奋，让人觉得似乎是要报告好消息。“这台电脑设置了密码。”

这一可能性他们之前也考虑到了，原本准备让田中事先查出酒店电脑的密码，可久远主张“监控录像还设密码？那么麻烦的事没人会做”，他们于是打消了这个念头。你看我都说了吧——雪子想责备两句，可根本没那个时间。

“怎么办啊，雪子姐？”

雪子站起身，装作找球的样子和服务生们拉开距离，同时思索着。不一会儿她说：“你留下一些痕迹好让人知道有人动过电脑。”

“咦？不是抹掉痕迹？”

“正好相反，要留下痕迹，让人一看就知道电脑被动过，要让人感到可疑的那种。做完就出来，离开酒店。”

“为什么啊？”久远说完却没有再多问。

“从现在开始二十秒后，你设法通过酒店大堂。”

雪子说着又装作四处搜寻的样子，同时看着跟自己一起找的服务生们。差不多了，她心想，于是开口道：“唉，算了吧。找到多少是多少，剩下的就不要了。”

“我们之后如果发现了就给您寄过去？”

“不用，算了，又不是全部集齐了就能够实现愿望。”雪子说着开始收拾行李箱。她算准时机，突然指向前台方向。“哎？你们看那个警卫是不是有些奇怪？”此时正好可以看见久远快步经过的模样。

“他是酒店的……”一个服务生打算解释，可身着制服的久远竟直接走了出去，让他感到不解。

“是有点怪吧？”雪子强调了一遍，似乎要将这句话硬塞到服务生的大脑里。随后她又说道，“呀，想起来了，我还有事情没办完呢。”随后便拉着行李箱大步流星地走出酒店。远离了服务生之后，雪子才对着麦克风轻声告诉久远“在停车的地方会合”。

雪子回到来时开着的那辆小车里时，久远已经坐在了副驾驶的座位上。“真是失败，我还以为大家都想不起来给存有监控录像的电脑加密呢，是我太天真啦。”他说着取出一颗糖，撕开包装扔进嘴里。

“果然还是设了密码吧。”

“怎么办啊，雪子姐？”

“现在说这些也没用。话说冒这么大风险偷监控录像真的有必要吗？跟我们又没关系。”

为提防火尻有必要收集信息，可雪子认为，即便看到了火尻在房间遇袭的监控录像，也并不见得会给他们带来多大好处。

“只要知道是谁袭击了火尻……”

“对我们有好处吗？”

“可能成濑哥觉得有吧。”

“那么久远，你就再去一趟。”

“啊？我刚刚才跑出来……”

“换衣服。这次换身西服，或许戴上眼镜更好。”车上的大包里装了好几套用于乔装的行头。

“可是西服配眼镜也解不开密码啊……”

“没关系。你到了前台先这样说：‘你们的员工办公室有没有什么可疑情况发生？这附近有酒店报告说有人侵入。’”

“这附近？听上去怪吓人的。”

雪子不知道久远的话里有几分认真，只能无奈地笑。“然后就问他：‘监控录像设备有没有被动过的迹象？’我不是让你留下痕迹，让他们能看出来有人动过电脑吗？”

“哦，对。”

“这样一来，那些工作人员应该就会误以为他们酒店也被人侵入了，到时候你就说：‘我要检查一下设备，需要用一下电脑。’接下来他们就会输入密码，让我们操作电脑了。”

“会那么顺利吗？还有，这次我扮演什么角色？警察？”

“不知道，装出警察的样子呗。你就煞有介事地说：‘嗯，这的确是那家伙的手法。’看上去也挺像那么回事。”

“那家伙又是谁？”

“不知道……你在那里留下了什么样的痕迹？”

“我放了几颗糖在键盘上。”

“什么？”

“其他我也想不出什么办法啦，反正我去说就是了。‘留下糖果，这的确是那家伙的手法’。”

“也只能试一试了。”雪子耸耸肩，“以后说不定这事就流传开了呢，出没于酒店的糖果侠什么的。”

“以前好像有一部电影就叫这个名字吧？”

“那‘糖果人’怎么样？”

“对着镜子连喊五声‘糖果人’就会现身的那个？[①]”

“总之到时候你就说：‘电脑有可能被植入了病毒，我要检查一下。’之后就装模作样地检查，再趁机想办法把文件复制下来不就好了？”

“雪子姐，我怎么听着有点走一步算一步的意思啊？”

“也不是那个意思。如果到时候你被怀疑了，就赶紧跑回来。”

“真到了那个地步，也只有放弃了。”

“接下来再换我去，我会说：‘刚才是不是有一个男的来冒充警察？’”

“然后呢？”

“是不是有人冒充警察问有没有什么可疑情况发生？这就是那家伙的手法。我会这样跟他们讲的。”

“真够绕的。”久远也不知是佩服还是无奈，轻声叹了口气，“反正我去就是了。”他边说边在车后座换起了衣服。

---

①电影《糖果人》中的情节。传说只要对着镜子连续五次念出“糖果人”，就会出现一个右手挂着铁钩的阴魂跑到世上取人性命。

响野 II

けん—しょう【検証】 ①调查一番以证明假设成立。“～该理论的正确性。”②法院或办案机关在现场直接侦查人或物以获取证据。③在没有获得足够信息的情况下前往目标场所，完成一次毫无意义的会面。

“所以你们就是靠那个糖果侠什么的计策，拿回了这份录像文件？”响野指着面前的屏幕道。

“是‘有无可疑人物来过’大作战。”久远回答。

屏幕里的影像拍摄自电梯正面，虽是黑白图像但清晰明了。

众人又在响野的咖啡店打烊后来到了这里。雪子因为工作原因来不了，成濑和久远都在。祥子收拾完店铺后就一直坐在旁边桌上玩数独，看不出她对众人的谈话是否感兴趣。

“那家酒店的监控录像存在电脑里，文件夹以日期命名，每份文件还按照时间顺序整理过，我们要的文件很容易就找到了。不过因为时间有限，我只复制了十六楼的文件。”久远解释道。

“嗯，十六楼的监控录像应该拍下了袭击火尻的凶手。”

“应该是吧。”久远敲击键盘让画面快进，“就从火尻被袭击前一两个小时开始播放吧。”他边操作电脑边说。

“对了，凶手长什么样？有没有明显的面部特征？”

“他戴着头套……”久远话说到一半，从口袋掏出一个素描本，“我依照碰面时的记忆画了下来。”

“哦？久远，你还会画画呢？”响野说着接过素描本看起来。可画实在太粗糙，就好像小学生凭借想象力画出的古代传说故事里的人物，让响野实在不知说什么才好，那身体简直像用钢丝拧出来的一般细长。“如果你是个孩子，我倒还可以夸奖说这画画得挺不错，至少看着很有精神。”

“你是认真画的吗？”连成濑都向久远投去关切的目光。

“我对人类没什么兴趣，所以好多细节都不记得啦。”久远语气平淡地回答道，“这样不行吗？”

“有没有艺术价值我不知道，但作为人像画肯定派不上用场。”

听了成濑的话，久远既没有失落也没有生气。

响野拿着素描本随意地翻了翻其他页，不禁瞪大了双眼。“久远，这些又是谁画的？”

“我啊。”

“你骗人的吧？”

“我为什么要骗人？画动物我比较擅长。”

那些画在其他页上的动物不管是犀牛、大象还是狮子，都画得十分写实而细致，简直像照片一样。“你在动物园里写生？”

“关于动物的一切我都能记住，回家之后再画出来，就画成那样了。”

“这差距也太大了吧？”响野对比着人物和动物的画像，不禁沉吟道。令人佩服的是，久远并非刻意而为之，对于他来说画成这样似乎是自然而然的。

“开始检查监控录像吧。”成濑冷静地说道。

久远动了动电脑，画面开始播放了。镜头从正面拍摄到电梯门的开合与住客的进出。摄像头应该不是鱼眼镜头，不过影像看上去近似球面，覆盖的角度很广。影像以快于正常几倍的速度播放，时间数字滚动得飞快，几乎让人眩晕，住客和酒店服务员不停地在画面里穿梭。

“啊，是这里。火尻乘电梯下楼被拍下来了。”

众人看着画面里的男子进了电梯，然后去了楼下的咖啡厅。响野等人也在那里见过他。

“那么凶手也快要出现啦。”

响野兴致勃勃地盯着屏幕，生怕错过了凶手的身影。接下来的一段时间，画面如同静止般没有任何变化，只有时间标示还在不停滚动。这段时间内没有任何人进出。

不一会儿，一名女子走进电梯，没多久另一部电梯也停在了这一层，是火尻回来了。只见他走出电梯后便转身顺着走廊一直走出了摄像头的监控范围。

“火尻已经回屋，凶手应该很快就要登场了。”

“哎，电梯门又开了，是凶手吗？”响野将脸凑上前去。

出现在画面中的人是久远。

“这个凶手还挺像我的。”久远愣愣地说道。

“我说你小子，行为举止看上去也够可疑的。”

画面中的久远正来回张望，随后保持着上身前倾的姿势鬼鬼祟祟地慢步前行。

“我这是在靠嗅觉寻找火尻的方位呢。”久远不动声色地说道。

“你又不是狗。”

可以看见画面中的久远一直在朝着走廊深处前行，直到最后消失。

“你怎么知道是那边的房间？难道真的靠嗅觉？”怎么可能呢？响野想了半天，最终还是忍不住问道。

“我很快就走到头了，那一侧走廊大概只有两个房间吧，所以我就选择了另一侧一直往前走，然后突然听见一个房间里传出咚的一声，声音虽然不大……”

“那么此时凶手已经在火尻的房间里了？可是电梯那边并没有人出来啊，凶手是从哪儿来的呢？”

“确实奇怪。”

“我知道这把戏，是密室之类的吧？反正凶手也就是条蛇呗。”响野脑海里浮现出在被茫茫大雪覆盖、并未留下任何脚印的地方发生的杀人案。

“什么叫反正？”

“为什么凶手没被拍下来呢？”响野板起脸。

“可能凶手早已经来到这层楼了。”成濑依旧冷静地回答。

“早已经？”

“可能是几个小时前，也可能是一天前。现在播放的只是当天下午两点左右的录像，有可能凶手在那之前就已经到达现场，一直藏在某处，或者是使用了工作人员的专用电梯，当然现在我们还不知道那电梯在哪里。”

“哦，那个啊。”久远指着画面里电梯的旁边，“刚好被挡住了。工作人员的专用电梯可能就在这里。”

画面里出现了一名提供送餐服务的工作人员，应该就是搭乘专用电梯上来的。

“对了对了，我从火尻的房间出来后正好碰上了这个人。所以说如果凶手使用过工作人员的专用电梯，肯定也会被拍下来。”

“有没有可能这个女人就是凶手？”

“那顺序就颠倒了。凶手必须先进入火尻的房间才行。”

“响野哥，你能不能别想到什么就说什么？”

“可能性有很多种嘛，我们需要言论自由。比如‘久远你就是凶手’这一假设也不无可能。”

“我？”

“火尻的房间里发生过什么，我们都是听你说的，有可能袭击火尻的人就是你呢。”

“反正信口开河也不要钱。”

“不怕你吓着，我这些金玉良言全都不要钱。”

“火尻的房间外面不远就是逃生通道的入口，凶手其实也可以从那里出入，如果他是爬楼梯上下的就不会被监控拍到，而且或许凶手逃跑时走的就是逃生通道。”

“没有其他监控摄像头能拍到逃生通道吗？”

“可能有，不过我们没有复制录像文件。好了，下次去酒店时顺便再查一下逃生通道，就知道有没有监控摄像头了。”

“再往回倒一些看看？”成濑提议，“看看有没有拍到什么可疑的人。”

久远点头，开始操作电脑。

“哦，对了，刚才好像拍到她了吧？”响野回忆着方才看过的录像，忽然说道。

“她？谁啊？”

“你是说宝岛沙耶吧？”成濑道，“她当时去一楼问过慎一行李的事，下楼的时候被拍到也不足为奇。”

“之后她就在前台被粉丝认了出来，还引起一阵骚动。”

“再然后响野哥就被抓啦。”久远故意说道。

“这要看你怎么去理解。”

“怎么理解都一样。”久远边说边操作着电脑，将录像倒回，然后重新播放。

画面拍到了一些人的进出，慢慢地只剩下一名女子朝电梯走去，随后她停了下来，准确地说是久远让她停了下来。

她戴着墨镜和口罩，似乎在观察周围情况。

“确实是那位宝岛小姐，原来她是在这个时候下了一楼。她是从走廊的另一头，即跟火尻的房间相反的方向走过来的，所以她的房间应该也在那边吧。”

“她空着手呢。”成濑轻声嘀咕了一句。

“什么意思？”

“她之后去大堂找慎一，要求慎一替她找行李，但行李在这时候已经不见了。”

“可能她意识到行李丢在了大堂，所以打算回去找……”

“不过从录像上看，他们完全错开了。”

“谁们？”

“宝岛沙耶和火尻。宝岛沙耶乘电梯下去时，火尻刚好从大堂乘电梯上来。如果碰巧遇上了不知火尻打算怎么办，会不会当场请她接受采访？”

“也可能选择装傻擦肩而过吧，或者假装是粉丝跟她搭话。”

“对了，这个人好像又重回演艺圈了吧？”久远说话的声音大了一些。

“宝岛沙耶吗？”

“昨天电视里还做了专题报道呢，说她之所以出逃是因为收到了国外电影的邀约……”

“压力太大而受不了。”响野插嘴道。

“对。不过她还说，那段时间她一直辗转于东京都内和横滨的酒店，在写自传。”

“自传？”这一瞬间，响野的脑海里突然涌现出好多想法，他很想将那些想法一股脑说出来。二十几岁的年纪，人生连一半都还没过完，这时候写自传究竟是出于怎样的考虑？让她去写的人又在想什么？就算写出来了，书能畅销吗？最重要的是，久远住在哪里至今都没人知道，他究竟是在哪里看的电视呢？可最终他只说了这样一句：“你看，被我说中了吧。”

“嗯？什么啊？”

“我当时说过，她可能窝在酒店房间里画漫画呢。怎么样？你看我这洞察力。”

“你说过那话吗？”久远看看成濑。

“说没说呢？”成濑又歪着脑袋看向响野，“你说过吗？”

“说没说过呢？”响野也忽然没了自信。

“那部国外的电影最后怎么样了？”成濑问。

“嗯……说不定那只是个借口，其实只不过是为了写自传吧。总之啊，那本书这个月内就要发售了，还要开签售会呢，真是可怕呀。”

“可怕？”

“现在好多人都说她出逃可能就是为了炒作话题，说不定签售的时候会招来不怀好意的人。”

“要是炒作，那火尻的报道可就真的泡汤了。”

“所以他才来找我们的麻烦，能让他弄到钱的路子已经不多了。”

“借钱给火尻的人也让我放心不下。”响野想起了成濑从田中那里打听到的消息，“他叫什么来着？锹形虫还是独角仙？”

“叫大桑。”

“据说是开赌场的？是不是像我们闹过的鬼怒川的店一样？”

“也不知道鬼怒川现在怎么样了。”响野嘴上这样讲，表情上却无任何念旧感慨之意。

“并没有那么大规模，只是公寓楼里的一间房，专门玩扑克，面向少数人。据说赌场所在的那一层楼所有的房间都是大桑的，应该是赚了不少。那里既是他工作又是居住的地方，还是金库。”

“那些人是不是挺可怕？”

“听说很擅长摆弄蘑菇。”

“马里奥？”久远傻傻地瞪着眼睛，成濑并未正面回应。

接下来的时间里，几个人反复播放着监控录像并确认其中内容。久远似在做读书笔记一般将出现在画面中的人物特征和时间都记了下来，列出登场人物一览表。

单就十六楼来看，朝火尻房间的方向去过的，只有火尻自己、住在隔壁的男人和房间清洁工。

“清洁工是凶手？”响野说。

久远摇摇头。“如果是凶手，那她应该一直都在屋里才对。”

可清洁工很快就从房间出来了。

“那么住他隔壁的男人呢？”

“嗯……当时火尻的房间里动静挺大，隔壁那人觉得吵还开门瞪了我们一眼，从体格上看完全不对，那人很胖，可戴头套的男人是瘦长型的。”

“嗯。”成濑似乎对响野和久远的对话并不感兴趣，只是紧盯着电脑画面。他的表情一直都没有改变，不过大脑里的齿轮一定转得飞快。

“成濑，你看出什么来了？”

“暂时还没有。”

“就算你再厉害，碰上这种事也很难推理吧。这简直就是海底捞针。”

“你那成语用得恰不恰当还是个问题。”

“多少总有点眉目了吧？”

“一点点吧。”

“给点提示？”

“这不是猜谜。”

“总这样藏着掖着，然后事情就接二连三地发生。哼，都是老一套。”

“什么老一套？”成濑板着脸，“首先——”他继续道，“首先，我们把憎恨火尻的人找出来吧。”

“这个啊，那就是海底捞水了。”

“什么意思？”

“要多少有多少。”

成濑 V

せい—さ【精查】 在细节层面上做细致的调查。至于到什么程度算粗略、从哪里开始是细节的定义较暧昧，有时候存在谁先说了就算谁的情况。

“成濑哥，你知不知道霍加狓起初被认为是斑马的同类，其实它和长颈鹿才是近亲。”

“为什么跟你谈事的时候必须要在动物园？”成濑忍不住问道。上次在响野店里碰过头后，成濑又从田中那里了解到更详细的情况。他想差久远去办事，于是提出“有事要谈”，结果久远竟提议去Zoorasia[①]。成濑有些犹豫，久远则追问道：“你倒是说说不去的理由，是因为里面的冰淇淋店没有了吗？”成濑只得妥协说“周六周日的话可以去”。他想不明白，为什么两个成年男子的见面地点非得选在日本的大型动物园，但最终他还是来了，此刻二人正看着霍加狓。

“霍加狓的蹄子分成两半，马则是一块整的，因为马是奇蹄目。

①位于日本神奈川县横滨市旭区的动物园。

另外霍加狓有四个胃，马就只有一个。”久远接着说道，“而且长颈鹿科下面就只有长颈鹿和霍加狓两种动物。”

“哦。不过看到它身上的斑纹，自然想把它和斑马联系起来。”成濑指着霍加狓说。它那印着斑纹的腿看上去很漂亮，难怪人们称之为“森林贵妇人”。

“还有一种和它正好相反的动物，你知道吗？”

“相反？”

“和霍加狓相反。霍加狓是身子的颜色像马，腿上有条形斑纹，那种动物是头和身体的前半部分有花纹，腿脚和马差不多。”

“该不会是叫狓加霍吧？”

“成濑哥，你这玩笑也就响野哥的水平。”

“再没有比这更侮辱人的话了。”

“叫斑驴。为什么它的上半身有条形花纹呢？因为它是斑马的亚种。霍加狓和斑驴合体的话，可能就变成一匹完整的斑马了吧。对了，我还有这个呢。”久远忽然想起了什么，在口袋里翻找出一把钥匙来。那不知是哪里的钥匙，钥匙坠上有一个小小的动物形状挂件。“这就是斑驴。”久远捏起来给成濑看，这动物看上去的确像是长了一个斑马的头。

“不过斑驴很久以前就绝种了。”

“是吗？”

“同样是因为人类的大肆捕猎。”

“你不要一副我就是那大肆捕猎的人的表情。”

“嗯。不过其实就算我生活在那个年代，也无法阻止人们的猎杀。就像现在，濒临灭绝的动物越来越多，我却什么也做不了。我也一样有罪。”

两人顺着道路一直走，进了出口附近的一家咖啡厅。久远一路上反复说着“大食蚁兽绝对是头跟尾巴长反了”，落座后却话锋一转：“对了，找到憎恨火尻的人了吗？”

“这我就放心了。”

“嗯？”

“我还以为今天接下来就是互相道别，说动物园真好玩然后各自回家呢。看来你还记得。”

“我刚刚才想起来。那火尻的事……”

“我看了他写的一些文章，觉得他四处结仇是很正常的事。”这些文章来自田中给的材料。“不管对方是加害人还是被害人，只要有卖点，他就深挖，很多都是通过夸张的标题来煽动人心。当然了，标题有可能不是他自己取的。”

“如果他写了宝岛沙耶的事，肯定要遭粉丝恨的。火尻真是四处树敌。”

“没错。恨他的人太多了，根本找不完，所以我决定寻找对他恨之入骨的人。”

“恨之入骨？”

“恨得想手刃他的那种。”

“可火尻认为上次只不过是普通的入室盗窃。”

“有这个可能，也有可能是对火尻恨之入骨的人上门去寻仇了。不过就算跟上次的事没关系，找到跟火尻有深仇大恨的人对我们也绝对有帮助。这将成为对抗火尻的武器。”

“也是，以防他继续跟我们纠缠不清。那你找到对他恨之入骨的人了吗？”

“有人因为火尻写的文章死了。”

“死了？真了不得，真是笔头比刀剑更锋利。什么样的文章？”

“第一篇是……”

成濑刚一开口，久远就拦住了他。“等等。”他伸出手道，“第一篇？因为他的文章而死的人有好几个？”

“是。”

“火尻先生，真行啊。”久远以一种心不在焉的口吻说道。

第一篇的缘起是两年前发生在一家小居酒屋的事。店里发生食物中毒事故，造成一名儿童死亡，店主一下子被推上风口浪尖，遭到各界批判。不过店主态度诚恳，深感自己有罪，反复道歉，这时候某杂志上刊载了一篇他去夜总会玩乐的文章。实际上他去夜总会是以前的事了，并非在事故发生之后，冷静一想其实并不应该因此责备他，但文章里通篇都在质疑店主是因为沉迷夜总会才疏忽了对食材的品质管理，结果店主因此自杀了。

“去夜总会就去夜总会呗。那篇文章是火尻写的？”

“不过也不能说店主自杀完全因为那篇文章，儿童因食物中毒而死本身就让他良心过意不去。”

第二篇和街头无差别杀人案有关。在市内某条大道上，有个年轻人深夜拿刀疯砍，造成两人死亡，一人负伤。凶手很快被逮捕，火尻就盯上了那个负伤的幸存者。

“啊，火尻说过那件事——表面上看是清纯的上班族，实际上在色情场所工作的那个。”

“在色情场所工作和她成为无差别杀人案的受害人并没有关系，那篇文章为博人眼球而故意夸大其词。也有人说就因为那么晚她还在外头做那种事才会遇袭，但其实二者根本没有因果关系。采用了那篇文章的杂志社解释说：‘关于这样的社会性案件，我们希望能够引起公众足够的关注。’也就是说他们要让人们‘更详细地了解’。新闻报道永远是为读者而写，必须成为读者和社会之间的桥梁……”

“桥梁什么的……那样曝光受害人的隐私在法律上应该也有问题吧？”

“的确有问题，所以杂志上紧接着刊载了一篇道歉文章。”

“然后呢？”

“没有然后了。”

“没有然后了？”

“只登了一篇文章表示抱歉，声称以后会注意。但是发出去的文章却再也收不回来了，总不能把人的记忆抹掉。最后那个女人在职场越来越难立足，自杀了。”

“唉。”

“还有一篇是……”

“后面还有几篇？如果还有很多的话我想再点些吃的。”

“这是最后一篇，是关于一名老师的。文章里说他给学生起一些带有侮辱性质的绰号，让他们下跪，还拿铅笔扎孩子们的手掌，说是‘上刑’。”

“太过分了。”

“是假的。”

“假的？”

“学生家长跟那个老师不和，于是向媒体透露了假消息。”

“火尻又要登场了？”

“不过火尻不知道那些消息是假的，他也是被那个母亲的谎话骗了。孩子的母亲还让孩子和数名同学做伪证，火尻就信了，将那事写了出来，好让人们更详细地了解。”

“既然消息是假的，应该很快就会真相大白吧？”

“如果当事人坚决否认可能还好些，不过那篇文章当时引起轩然大波，那名老师担心公众知道做伪证的事后转而去责难孩子们，于是为了保护孩子们，他并没有竭力辩解。”

“真是名好老师。”

“他相信自己的学生们一定会理解自己，可惜最后还是失去了教师的工作，最终在地铁列车进站时跳下站台自杀了。”

“太惨了！”

“在那之后，公众才知道关于那名教师的负面新闻是捏造的。当然当地人和学生们其实都心知肚明，只不过真相那时才大白于天下。火尻也是那时候才知道的。”

“于是又刊登了一篇道歉文章？”

“那次他没有道歉，可能是觉得在法律上没有问题吧。站在火尻的角度，他可能觉得自己也被骗了，是受害人。”

“我真是越来越‘佩服’他了。”

“同那些死者有关的人对火尻心怀仇恨完全正常，甚至有人可能觉得，既然火尻一直没有被问责，那么就让自己来完成这个使命。”

“我在酒店碰到的那个男人就是其中之一？要真是这样，那我可是做了错事一件，我应该让他好好报仇的，可居然搅局了。”

“至于是当事人报复还是买凶报复还不得而知，你耽误了人家复仇却是事实。不过即便复仇成功，当事人也未必能释然。”

“那到底是哪个呢？刚才你说的三个选项，哪个才是正确答案？”

这如果像猜谜游戏马上就能公布正确答案，那我倒落得轻松，成濑在心里感叹。久远自然也不会觉得这就像三选一的问题一样能立刻得到答案。

“这就是接下来要查清楚的。”

“你说有事找我谈又是什么事？我能做些什么？”

“我反复看了你从酒店拿回来的监控录像。”

“有那么好看吗？还反复看那么多遍……哎呀，你不会是想让我再去多拿些录像回来吧？”

“不，不是那个意思。只不过从已有的录像来看，凶手应该不是乘电梯上楼的。可能住在十六楼的人本来就少，走廊上来回行走的人并不多，更没有发现去火尻房间的可疑人物。”

“所以凶手真的是从逃生通道走的？”

“住在火尻隔壁的 1602 号住客或许知道些什么。”

“可隔壁那个男人的体型跟凶手完全不一样啊。”

“就算他不是凶手，但也肯定注意到了隔壁 1601 号房间里的声音，所以才去走廊上看情况。或许可以从他那里问出凶手从哪里来。”

“可怎么问呢？我们连他叫什么名字都不知道。”

“他姓佐藤。”

“咦？难道摄像头还拍到了他的名片？”

“我打电话去酒店问了。”

“怎么问的？”

“我报了当天的日期，说自己住 1602 号房间时钱包掉了，如果有人捡到的话就请按照登记地址寄回来。报名字的时候我故意说得很含糊蒙混过去了。他们查了住宿登记之后就跟我确认说：‘佐藤二三男先生是吧？’”

成濑要求找到钱包后先给他回电话，又借机若无其事地问道：“我在你们那里留的是哪个电话号码来着？”结果对方就将一串手机号码报了出来。

“酒店的人有些大意啦。”

“虽然当今社会十分注重保护个人隐私，但面对一个极其礼貌而谦逊的顾客，一般人很难会去怀疑。如果他们有所戒备，我自然还有别的方法。总之电话号码已经到手了，我看有必要给佐藤打个电话，试着约他出来谈一谈。”

“是这么回事啊，所以这个事你想找我去做？”

“这事我做就可以，你还有别的任务。”

“还有成濑哥做不了、我却能做到的事？”

“当然也不是什么你擅长的事。”

就在这时，成濑的手机响了。“是雪子打来的。”

“怎么了？难道又遇上碰瓷的了？”

成濑刚按下接听键，就听见一个尖细的声音着急地问道：“你在哪里？”

成濑报上所在地：“我在 Zoorasia。”

“怎么又是动物园！哦，你跟久远在一起？”不愧是雪子，一下子就反应了过来，“那么你现在没在单位上班？太好了，我现在去接你。”听上去她似乎正在开车。

“现在？为什么？”

“在动物园的什么位置？”

“出口附近。”

“那正好，那里比较宽敞。你马上出来，嗯……”此时的雪子好像正在操作汽车导航，“从动物园出来，经过公交中转站，朝右手边走。我六百秒之后就到。”

“六百秒？你现在在哪里？”

“在距离你那里开车六百秒的地方。”

电话被挂断了。成濑跟久远说明情况，二人立刻朝出口走去。

“究竟是什么事呢？竟然要强行占用他人的休息时间。”久远抱怨道。

“听上去挺急的。”

“不过雪子姐这样还真是少见。响野哥倒总是这副德行。”

“他呀，是给人找麻烦的天才。”

“听到‘天才’二字他又该飘飘然了，还是别这样讲为好。天才的反义词是什么呢？庸才？跟天才相反类型的人应该是实干家吧？”

“给人添麻烦的实干家？”成濑试着说了一遍，感觉怪怪的。

“我还要再看一会儿动物。”久远漫不经心地说道。于是成濑和他道别，二人就此分开。

成濑穿过公交中转站，快步行进的同时不忘左右打量。就在他心想差不多到十分钟了的时候，身后响起了一阵轻快的喇叭声。他转身，发现车正好在身后停下。

“阿成，上车！”雪子在驾驶座上喊道，声音透过副驾驶座的窗户传来。很明显雪子在赶时间。成濑立刻拉开副驾驶座一侧的车门坐了上去，正打算系安全带时车就起步了。“还剩一千两百五十秒。”

“在数什么？”加速度让成濑的身体陷进了车座里。车子流畅地变换着路线，从县道驶入国道，朝东南方向前行。“是慎一出什么事了吗？”

“慎一没事。”雪子握着方向盘，表情阴沉，似乎有烦恼，但可以看出来并不是特别烦的那种。“我现在没空跟你解释，你先坐好。”

“我现在终于理解那些被恐吓后上当受骗的人的心情了。”在不明就里的情况下被骗的人，心情估计都像现在这样吧，“你别说，还真是难以反抗。”

雪子还是跟以往一样几乎一路不停地开着车，虽然这是她选择了全绿灯的路线行驶的缘故，但感觉就像所有信号灯都为她变绿了一般。

穿过一条大道之后，面前出现了一片林立着商务大楼的街区。

“这里的地图你都记住了？”

“差不多吧。其实可以用导航，但总要起争执。”

“起争执？谁跟谁？”

“我和导航。有时候我真想问问导航为什么非要那样走。”

车子一路平顺地前行，就连停车的时候都那么平顺。车速缓缓降下来，在车上并没有感到刹车带来的冲击，而是平稳地静止。雪子低下身子，透过车窗仰视着那些高楼。“好像就是这里。”

“我要怎么做？”

“去二十五楼。你在门口呼叫 2501 号房间，然后说‘快递到付’，应该就会让你进去。”

“去找谁？”

“二十五楼有警卫把守，他会给你带路。”

“你觉得像你这样单方面安排能让人接受？”成濑用难以置信的口气说道，但也只能下车。

成濑走进公寓楼，大厅挑高很高，装修十分豪华。身旁的房间应该就是门房，眼神锐利的公寓管理员正从里面盯着成濑，但并没有问话的意思。他瞪着的眼睛似乎在说：敢有一丁点可疑举动马上就把你抓起来。成濑站在门前按下 2501 几个数字，很快就有人问是谁，是个语气冷淡的男人的声音。“快递到付。”成濑说完，自动门就开了。

电梯正好停在一楼。成濑走进电梯，电梯上行期间他才想起来还没来得及告诉久远去办什么事情，白去动物园跑了一趟。

电梯很快到达二十五楼，门开后只见一名身着西服的年轻男子站在面前。西服看上去很有质感，不同于一般接待人员穿的那种。男子一头短发，戴着黑框眼镜，看上去很沉稳。

“这边请。”年轻男子带领成濑穿过走廊。

“原来是这里。”成濑不禁自言自语道。他终于明白这是什么地方了。“这里可以玩牌？”

“是。”年轻男子回答。

让火尻欠了一屁股债的公寓赌场就在这里。

“您牌打得好吗？”年轻男子问道，听起来像是机器人发出的声音，很显然他对答案并无兴趣。

“抽王八还可以。”

“如果您提出要求，我们也是可以陪您玩的。”不知道年轻男子是不是在开玩笑。

到了走廊尽头2501号房间门口，年轻人告诉成濑到了。

现在是什么情况？成濑思索着。是赌场的人找上了自己？他们根据火尻提供的消息多次尝试找碴，可就是无法顺利把钱弄到手，所以打算在赌场下手让自己输光？可如果是这样，雪子负责带路就说不过去。难道他们威胁雪子将自己带来？似乎也并非如此。

门开了，成濑走了进去。跟他想象中不一样，屋里很明亮，还播放着古典音乐，白色的墙纸给人洁净高雅的感觉。几个男人围坐在一张白色大桌子四周，桌上放着纸牌，还堆着筹码。

对面那张面孔成濑太熟悉了，此时那个人正捏着扑克牌对成濑尴尬地笑。“哎呀，成濑，怎么这么晚？”

成濑叹气。“你可真是个实干家。”

响野 III

れっ一せい【劣勢】 态势上处于恶劣地位。不利的状态或处于该状态的一方。“说我们是～的意见似乎占了优势啊。”

“如果直接让你来救我，很难说你肯不肯，你这家伙对我早就……”

“烦得不行了。”

“见惯不怪了。你可能会觉得我在骗你，所以我想了一个你无法拒绝的方法——让雪子带你来。”

响野看着坐在自己身边的成濑，不禁佩服果然是见过世面的人，猛地来到这气势凌人的房间竟然还能临危不乱。

“你怎么会在这里？”成濑问响野。

“这个嘛……”响野觉得自己不能放任火尻为了抵债纠集赌场这帮人而坐视不管，觉得自己应该抢占主动权，于是找来这里，结果却不走运到了极点，扑克牌越玩输得越多。

“你怎么知道这里的？”

“我联系火尻让他告诉我的。”久远手上有火尻的名片，于是响野按照号码打了过去。不知火尻是否早就知道响野和久远是一伙的，还是通过响野打去的电话才知道了这件事——如果是后者，只能说响野是自投罗网——总之他替响野打通了进赌场的路子。

“结果就弄成了这样？”成濑看了看响野面前的筹码堆，那已经不能叫“堆”了，只能算孤零零的几个凸起而已。

“差不多有一千万了。”坐在面前的一个西服打扮的年轻人开口道。他高鼻梁，双眼皮，眼眶深邃，长得帅气，不过面无表情，好似一个机器人。响野不禁想，该不会以前在世博会上负责接待的机器人进化成人跑来赌场了吧？

“输了这么多，没关系吗？”成濑皱眉道。

“有关系。”

“那为什么不早点收手，非要等到输那么多？”成濑说话的同时视线盯着前方，他意识到眼前的年轻人就是大桑，是这里的老大。

这时年轻人开口道：“我们可没有逼他，也没有软禁他。他一直都有机会选择，随时可以走。”

他说的完全是事实。这里自然没有暴力与恐吓，连威胁性的言行都没有。在一片优雅平和的气氛中，响野甚至感受到了这种奢侈的娱乐所带来的幸福。每局牌结束后都有人跟他说“随时可以结束”，响野却没有选择结束，理由很简单——不甘。

自己并不是没拿到过好牌，只是不走运而已。不管输了多少，只要下一把将赌注翻倍就能赢回来。带着这种期待，响野反复“再来一把”，继续着牌局。

其实这就是对方的伎俩。可人就是这样，有时候虽然心里明白，意识却不一定听从掌控。越是知道对方占优势，一把翻盘的痴心妄想就越强烈。

“刚才我提出到此为止，他却问我可不可以叫朋友来帮忙。本来我是不愿意的，但‘友情测试’这种事我也不讨厌，所以……”

“友情测试？”

“就是测试一下你身边究竟有几个真正的朋友。突然打电话给朋友，让他马上来，又不说为了什么事，有几个人会为了你而赶来呢？这种事要试了才知道。其实愿意来的人比想象中少很多，因为人人都有自己的生活和要做的事情，有自己的计划，突然被朋友叫去某个地方，怎么会马上答应呢？”大桑说道，“很多所谓的朋友，其实都是自己想见时才愿意去见，而不是在对方想见时就愿意去见的。我觉得测试一下你是不是真的会来也挺有意思，所以才决定等三十分钟看看。”

实际上，响野并没有直接给成濑打电话要求他来这里，他装作给成濑打电话的样子，其实打给了雪子，要求她“无论如何要将成濑带过来”，这件事似乎没有被赌场的人发现。

“太好啦，成濑，真够朋友。”

“我只是被硬拉来的而已。”

“那么，”大桑扭头盯着成濑，“怎么样，要换人玩吗？”

“当然玩。”

“当然不玩。”

响野和成濑的声音重合在了一起，并且又在同一时间分别说出下面的话。

“为什么不玩？”

“为什么非要玩？”

“求你啦，这样下去我那些血汗钱可就全没了。”钱是不久前一起抢银行得来的，就这样一口咬定是自己的血汗钱，响野其实也有些心虚。不过他转念一想，往大了说那些是“大家的钱”，那么“大家的钱”竟这样被卷进了赌场，多少会心有不甘。

成濑沉默了许久，大桑和周围的员工——也不知称呼这些在赌场里做事的人为员工是否合适——并没有催促，而只是坐着观望，他们似乎很享受等待的时间。

“玩的话就是梭哈吗？”成濑盯着面前的扑克道。

终于想通了？响野心中一阵窃喜就要开口，可他也明白自己一说话，成濑的干劲肯定要像受惊而逃的蜻蜓一般消失得无影无踪，于是只得闭口不言。

“也可以选你自己喜欢的玩法。”

“不用，梭哈就可以。”成濑说，“他输了多少我加倍下注。”

“这样的友情简直令人落泪。”大桑的语气里没有丝毫情感可言。

“跟友情没有关系，其实我也想哭。”成濑回答。

一对一的牌局发牌很快，结束也很快。每人交换了一张牌之后，成濑选择认输。“这把赢不了。”

“在最后一张牌翻开之前可没人知道胜负。”

“我知道，你的牌很大。”

成濑这样说那肯定没错，响野心想，所以他并没说“就算牌大也跟他拼了”这样的话。正常情况下对手认输时并没有必要展示自己的牌，可大桑却说道：“我就破例让你看一眼。”随后亮出了手上的葫芦[①]。

果然不管换谁也还是输。响野根本没发现大桑使诈的证据，他甚至连对方有没有使诈都无法确定，但能拿到这样的必胜牌，要么就是运气非常好，要么就是动了手脚，不管哪种情况己方都没有什

①梭哈中的一组牌型，五张牌中有三张同一点数的牌和一对其他点数的牌。该牌型是仅次于同花顺和四条的大牌。

么好的应对方法。响野原本以为成濑或许能够设法与之对抗，所以才将他叫来，现在看来的确没那么简单。

“这样一来就是两千万。之后我会告诉你付款方式，按时交钱即可。”

“如果我们躲起来了怎么办？”成濑问道。

“那当然得去找喽。”大桑面无表情地回答，话里听不出任何情感波动，这反而显得威严感十足。想必他有十足的自信可以将人找出来。“不过你最好按时付款，算是帮我忙了，也不浪费我们双方的时间。”

“响野，我输掉的钱你会替我还吧？”成濑看着响野问道。

“为什么我非得替你擦屁股不可？”

听到响野这句话，成濑只能盯着他，眨巴着眼睛。

“怎么了？”

“没事。你抢了我的台词，我想再看看剧本上是怎么写的。”

“哪来的什么剧本！”响野不满地抱怨道。

“总之，只要付了钱，我这边就没任何问题，不管以什么样的方式。”

“不管以什么样的方式？”

“只要能换钱就可以，画啦土地啦赛马券啦体育彩票啦都可以。”

“体育彩票？”

“就是足彩啊。前段时间有个家伙一分钱都还不上，我们也不想动粗，但他总不还钱，我们也很难办。正愁不知该怎么办时，那家伙决定赌最后一把，买了张足球彩票。当时他可是双手都被绑着呢，仍然拼命地猜比分。”

为什么是双手被绑着呢？响野纳闷，但并不想多问，若他们动起真格来，绑一下双手又算什么。“那张彩票中了？”他问道。

“嗯。中了多少来着？”大桑问道。

站在大桑背后的年轻人回答：“一千五。”这当然不可能是一千五百块，所以应该是中了一千五百万。

“可真是靠顽强的意志才中的奖啊。”成濑感慨道。

“我也觉得。那种事实在难得，我还专门让人拿去装裱了呢。”大桑指了指墙壁。彩票可能就放在那边的某个房间里。

“不拿去换钱？”

“比起钱来，中了头奖的彩票可稀罕多了。”

“机会难得，我有件事想请教。”成濑直视着大桑。

“什么事？”

“最近我和几个朋友身边发生了一些令人担心的事，要么是被说成流氓，要么是开车差点追尾。”成濑说着开始观察房间里的员工。在这间像病房更像实验室的白色房间里，有一个坐在椅子上的男子。“我记得当时在地铁上，有一个跟他长得很像的人就在我身后。”

面对成濑的猜测或者说指认，大桑没有生气，甚至连表情都没有丝毫改变。“我没什么好说的。”他的声音如同汤匙敲击餐盘般毫无感情。

“哦，如果是这样……”成濑以犹豫的口吻继续道，“如果我赢了，你可以答应我一个请求吗？”

“赢了？你还要赌？”

“梭哈太花时间，我们玩更简单的。”

“更简单的？”

“你抽一张牌，我来猜它比6大还是比6小。”

“这种纯靠运气的赌博没意思。”

“我只问你一个问题。你可以说谎，我根据你的反应来猜。这不是靠运气，是心理战，互相揣测。我想这正是你擅长的。”

响野不知道大桑会怎样决定，他也有可能不答应成濑的挑战。

不一会儿，大桑开口道：“那试试吧。”所有员工既没表现出惊讶也没暗自窃喜。难道他们是来自世博会的同一批机器人？响野心想。

大桑从洗好的牌里抽出一张拿在手中，翻过来垂眼瞟了一下。

“比 6 大？”成濑直截了当地问道。

“是。”大桑立刻回答。

大桑的表情中没有任何信息，成濑没有过多凝视对方，只是瞥了一眼，但并不纠结。“比 6 大。”他斩钉截铁地说道，“现在按照约定，我的要求是……”

“你为什么能猜到？”虽然只有那么一瞬间，大桑还是显露出一丝疑惑。他翻开手中的牌，数字 8 呈现在众人眼前。

“我的请求只有一个，以后请别再纠缠我们。我们没找过你的麻烦，可能火尻说能从我们这里拿到钱，但我们跟火尻之间的事情，怎么说呢……”

“一言难尽？”

“对，我们和他之间的事一言难尽。说实话，我们拿不出钱，也不想惹上麻烦。”

成濑这番话虽不是含泪的控诉，但如此直截了当地提出要求还是让一旁的响野捏了一把冷汗。不过比起含糊其词和无谓地绕圈子，还是这样省事。

“明白了。”大桑的回答很干脆。

“可以吗？”

“本来我们就是为了要债才那样做的，说得不好听点只是在碰运气，其实也是抱着半信半疑的态度。如果说是你们先惹了我们那倒还好办，不过情况不是这样，我也正愁这事恐怕没那么简单就能了结呢。今后不会再去纠缠你们了。”

到这时成濑似乎才终于松了口气。他扬了扬眉毛，朝响野看了一眼。“那就好。”

“火尻那家伙为了自保什么都干得出来。”

“你倒是挺了解他。”

“我们是老相识了。哦，不过，”大桑话锋一转，“如果以后你们来找我们麻烦……”

“不会。”成濑立刻否定道，“我们可不想变蘑菇。”

大桑的表情没有变化。“真是个有意思的人。”

“倒没看出你觉得多有意思。”

“因为我是‘宽松的一代’[①]嘛。”

“任何一个时代都难免有一些揶揄年轻人的称呼。我很好奇被称作宽松的一代的人都像你这么沉着冷静吗？”

“别问宽松的一代这么难的问题。”大桑明显比在场所有人都聪明，他这样说既非自嘲也非自谦，好像只是轻轻挥舞了几下斗篷就优雅地避开了险恶的攻击。他分明是在利用宽松的一代这一揶揄的称谓来掩饰自己的卓尔不群。

“你很谦虚。真希望政治家都能跟你学一学。”

“政治家也分很多种。”

“哦？”

“可以从政治家的主张遭到反驳时的反应来区分。毫不掩饰怒意而直接破口大骂的当属三流。”

①在日本接受宽松教育（由侧重知识到侧重思维能力的教育改革）的一代人，多出生于 1987 年以后。

“好了，今天就到这里，我们回去吧。”响野起身朝着门的方向走去，想赶紧离开，突然发现墙边低矮的台子上有一方很大的池子，不禁看了过去。池子里面有砂石和水，就像水族馆里用来展览的那种。“这是……”

“哦，那是乌龟。”远处的大桑解释道，“算是我奶奶的遗物吧。都说乌龟能活一万年呢，实际上它也的确比我奶奶长寿。”

听到大桑的话，响野这才意识到水池里略微泛着褐色的大石块其实是龟壳，它差不多有手球那么大，仿若坚硬的岩石。这时，两个穿西服的男子已站到了响野两旁，和刚才不同的是，他们好像十分紧张，给响野以十足的压迫感。“干什么？你们该不会以为我会偷这玩意吧？”

“是怕你乱摸乱碰影响到它的寿命。”大桑说道。

“本来能活一万年的都只能活一千年了。”成濑小声嘀咕道。

像小偷一般被监视着，响野实在站不住了，他走到一边，随后似乎想起了什么似的说道：“对了，今天我在这里输掉的钱只是我自己输掉的钱。”

“什么意思？”

“别把它算到火尻欠你们的账上，他欠的钱你们好好找他要去。”拿自己的钱替别人还债？响野可咽不下这口气。

“明白……”

大桑还没说完，就被成濑的话打断了。“不好意思，我还有一个请求。我们再来赌一次如何？”

响野盯着成濑的侧脸。

“如果我还能猜中，他输的钱就一笔勾销。”

久远 IV

えっ—けん【謁見】 进见地位或身份辈分高的人。“～女王。”“～被允许了，太好了。”

久远看着身后的成濑有些想笑。“成濑哥，如果你单位的同事见到你在这里，一定会吓一跳吧？”

“是吗？”

“他们一定觉得无意间发现了你不为人知的一面。”

“我想回去了。”

“求我陪你一起来这里的可是成濑哥你啊。”

成濑面无表情地看着手表上的时间。“怎么还不开始？”

“应该快了吧。”久远应道。成濑这副坐立难安的模样实在少见，久远真想从队列里跳出来从旁好好观察一番。

队列完全没有要前进的迹象，久远站在原地，想起几天前和成濑一起重回那家酒店时的情形。

二人装作住客乘电梯上到十六楼，径直走向火尻曾住过的 1601

号房间。半路上久远说道："我大约就是在这个位置听到了声音。"

"那到底是什么声音呢？"

"嗯？"

"当初听你说起的时候，我曾推测火尻和凶手交过手，不过当时火尻其实睡着了。"

"我按门铃，他才醒过来。也是啊，那是什么声音呢？该不会是凶手闯进火尻房间时的声音吧？"

"是吗，也就是关门的声音？"

"可能吧。"这顶多也只能算久远的猜测。之后他陪着成濑在走廊上晃悠，还一直走到了另一侧。"宝岛沙耶就住在这一层的某个房间里。"

"我不太了解那些明星啊演员的，你对名人还算感兴趣？"

"你问我？"

"唉，当我没问。你绝不可能对明星感兴趣，换成那些名字又长又绕口的动物还差不多。"

二人来来回回一番，终于找到了员工专用电梯。成濑说："下楼吧。"久远自然以为要乘电梯下楼，可没想到成濑的意思是"从逃生通道走"。

"这里可是十六楼，走楼梯有点太高了吧？"

"凶手有可能就是从这里脱身的，不是吗？我们也试试看。"

于是二人重回 1601 号房间附近，推开贴有"逃生通道"标识的门。楼梯呈螺旋状自下而上延伸着，当然也有人会说是自上而下延伸的。

先发现楼梯附近也安装有监控摄像头的是成濑。那是一个装在略微偏高的位置的小型半球状设备。

“这里的安保措施做得挺到位。”

“估计也有客人不喜欢，感觉好像受到了监视。”

“不过宝岛沙耶选择入住这家酒店可能也正是出于这一点吧。”

“怎么说？”

“如果酒店里混进了难缠的家伙多麻烦，以防万一，当然是摄像头越多的酒店越好。”

“结果还不是跟难缠的记者住在了同一层楼。”

“或许酒店的人暗中协助了火尻。会是谁呢？会不会是负责预订房间的人？要不要查查？”

“不。现在不用去找协助火尻的人，当务之急是找到对他恨之入骨的人。”

“楼梯的监控录像应该拍到了我撞见的那个凶手吧？难道又得去偷电脑里的文件？我不想去啦。”久远不禁觉得几次三番去偷文件太危险，更重要的是麻烦。

“不，也不需要那样做。就算拍到了恐怕也只有一瞬间，而且凶手戴着头套，拍到了也没用。”

“成濑哥真好，我不想做的事情全都不用我去做。”

“我说这话倒不是为了你。”

“员工就需要一个能分辨哪些工作是白费劲的上司。”

“说得好像你真的在公司上过班似的。”成濑笑道。

在酒店转了一圈后，二人坐在大堂休息区喝茶，远远地看了一会儿正工作的慎一后便离开了。走之前成濑说道：“就算凶手真对火尻怀恨在心，也不用专门挑摄像头如此之多的地方下手吧？”

“可能除此以外他没有其他机会接近火尻了，或许火尻的身份类似于一名极难谒见的贵宾？”久远说完，自己都觉得这种想法太离谱。

“袭击火尻的人为什么选择这家酒店下手，这其中的原因或许是关键。”

“原因是什么呢？”

“所以呢，久远，有一件事要拜托你。”

久远听到要办的事后，震惊之余笑出了声。“这种事你自己一个人去不就行了？”

“我害羞，不习惯。”

“我还不是一样不习惯！”

可能是终于到时间了，刚才还嘈杂混乱的队伍一下子安静了下来，取而代之的是另一种躁动。

久远二人所在的队列开始向前移动。久远回头对身后的成濑说：“还有摄像机呢。”在队伍的斜前方架设着好几台摄像机。

“我可不想被拍到。”

“他们本来也不是来拍我们的。”

活动组织者在维持秩序，队列一点点地向前移动。久远原本以为身处很靠后的位置，但其实接近队伍前方位置的时间比想象中要短。

“那就是宝岛沙耶？”成濑问。

久远只能回答“应该是”，随即又补充道：“我不怎么擅长记人的长相。”

“你倒是一眼就能分辨出不同的小熊猫来。”

久远拿起手中的书确认道：“我把这个给她就行了吧？”

“是的。另外你还得表现出敬佩之情，别让她难堪。”

“那当然。”

久远来回翻着事先买好的宝岛沙耶写的自传。“成濑哥读过这书吗？”

“读了，很意外让我挺有好感的，大概因为她写得平实又谦虚吧。这书并不是以波澜万丈的人生起伏为卖点，倒是有些‘私小说’[①]的味道。”

“哦。”久远开口回应时工作人员已走上前来，开始说明索要签名时的注意事项。

面前是写有“宝岛沙耶签售会”字样的广告牌，宝岛沙耶本人坐在一张长桌子后面。美丽的她给人以清纯的感觉，快速签名的同时还跟桌子对面的粉丝说着什么。

轮到久远了，他迈步上前。

“谢谢。”宝岛沙耶开口道。

久远一时没反应过来她为何道谢，随后才意识到应该是感谢自己买了书。“我会一直支持你。”他说。

再次道谢之后，宝岛沙耶签好了名。

“对了！”久远看准时机开口道。

宝岛沙耶下意识地抬起头。

“你认识一个姓火尻的记者吗？”

她略带微笑的表情并无太大变化，只是稍稍前倾了一些，似乎在询问：“谁？”

久远见状立即说道：“哦，没什么。”

“你觉得这本书怎么样？”她问道。

---

①日本近代小说的一个流派，以作者的切身体会为素材而创作的小说，相较于客观描写更注重内心描写。

“并不是以波澜万丈的人生起伏为卖点，倒是有些私小说的味道，挺好。”久远说出的答案是刚从成濑那里听来的。

宝岛沙耶眯起眼睛说道：“我很开心。”

接过签了名的书后，久远就走到一旁，看着成濑索要签名。队列里男女老少各类人都有，成濑并不显得突兀。

“成濑哥，从她的反应真能看出什么来吗？她不愧是演员，我完全猜不出她的真实想法。”成濑要了签名回来后，久远对他说道。

“其实挺好懂的。回答你提问的时候她说谎了。”

“那样子是在说谎？”久远完全没有察觉。

几天前在酒店咖啡厅里，成濑对久远说想去宝岛沙耶的签售会，让他陪着一起去，随即又补充道：“事发时宝岛沙耶刚好来到了酒店大堂，这一点很可疑。”

“她当时在大堂？”

“她在前台跟慎一交谈，被粉丝认出，还引起了骚动。”

“那不正好证明她跟楼上的事情没关系吗？”

“从监控录像看，宝岛沙耶刚好在火尻上楼的时候跟他错开，乘电梯下楼去了，这可能是偶然，也有可能是故意的。”

“故意的？”

“为了避免被怀疑。如果记者遇袭时自己刚好在同一楼层，恐怕会引来不必要的麻烦，所以她为了制造不在场证明，才选择在那个时间点前往大堂找酒店员工。”

“宝岛沙耶是有计划的？实际发动袭击的那个人难道是她的同伙？可为什么呢？难道是她嫌纠缠自己的火尻碍事，于是派人警告他？”

“如果是警告，那么不在场证明就算再完美都会招致怀疑。”

“会不会是她想从火尻手上抢回什么东西？比如被拍到的见不得光的照片。”

“如果火尻有那种照片，一定会第一时间卖给杂志社。”

确实，正为钱所困的火尻应该没有过多权衡的余地。

“慢着，成濑哥，你到底是想说宝岛沙耶有嫌疑还是没有嫌疑？”

“我觉得她可能有其他动机。”

“其他动机？”

“被纠缠可能并不是她做出那些事的原因，相反，她利用了火尻纠缠自己不放这一点。”

“什么意思？”

“她躲在哪家酒店，火尻就一定会跟去同一家酒店，这可能正是她希望的。之前我们也说过凶手刻意选择这家酒店的原因，现在想来有可能是宝岛沙耶故意诱导的结果。”

“为什么呢？不过我们在这里空想也想不出答案来。”

“所以我想直接问她本人。”

“所以你才想去签售会啊。”

“成濑哥，你跟宝岛沙耶说话时她是什么反应？”刚才的签售会在一栋大楼里的书店举行，二人走进书店旁的咖啡店，久远问道。

成濑推测如果宝岛沙耶真有动机，那么可能同火尻的记者身份有关，于是便关注起“导致他人死亡的文章”一事。造成食物中毒的店主、无差别杀人案中受伤的女职员、被恶意诽谤的学校教师——成濑觉得宝岛沙耶或许同其中某一件事有关，于是他决定在签售会上当面问清楚。

首先是让久远抛出“知不知道火尻”“认不认识一个姓火尻的记

者”这种问题，宝岛沙耶虽然一副不解的模样，却是装出来的。成濑的判断应该不会有错，所以宝岛沙耶早就知道火尻其人，并且试图隐瞒这一事实。

“那么成濑哥，你都跟她说了些什么？难道你问了她知不知道那家居酒屋发生过食物中毒事故？总不能三件事全都挨个问一遍吧？”想探明宝岛沙耶是否同那三件事有关，必须要问三个问题。

“这是我一开始的打算，不过后来我找到了线索，就只问了一个问题。”

“线索？哪来的线索？”

“这里。”成濑指了指刚才拿到手的签名书。

“她的书？”

“书里不是写了她的童年往事吗？”

“我还没看呢。”

“她写到了住在家附近的一个姐姐，至于年龄差距嘛……当时宝岛沙耶是小学生，对方差不多是初中生。”

久远的视线落在成濑翻开的那一页上。的确是关于“我家附近的姐姐”的部分，大概只有两页纸的样子。

宝岛沙耶应该从小就有着精致的五官，可能因为在班上过于突出而遭到排挤，那并不是露骨的校园霸凌，而是暧昧模糊的冷暴力、尖酸刻薄的恶意。同学的排挤令她难过，于是她很少再去学校，常常在家附近的公园打发时间。她对父母、老师倾诉过，也听到一些励志的话，比如“假设地球形成的时间是零点，那么恐龙时代大约是二十三点半，而人类诞生则是二十三点五十九分左右。所以你看，我们生活的时间同宇宙和地球的时间相比真的是微不足道，没什么大不了的”，又或者“除日本之外的其他国家，有些孩子还得被迫当兵呢，跟他们比起来……”诸如此类。宝岛沙耶没有因此得到解脱，反复思考地球的历史或是国外的孩子，也无法治愈她那时心灵上的寂寞和脆弱。

> 那位“我家附近的姐姐”刚好路过公园，竟对我说“要不我今天也逃课吧”，然后就一直陪我聊天。“没有朋友也没什么大不了。”姐姐笑着说，“拥有许多朋友的人也未必就一定能得到幸福。不要惧怕他人，也不要轻视他人，试着稍微和善一些，这样就够了。”

这是宝岛沙耶写在书中的内容。自那之后同“我家附近的姐姐”见面聊天便成了她的精神寄托。

“这位姐姐似乎在不久前去世了啊。”

久远正读的这一页上写了一句“可惜她年纪轻轻便与世长辞了”。宝岛沙耶写得很简单，似乎不想面对这一事实，于是选择了一笔带过。“看来她才二十几岁就死了，为什么呢？”

“因为火尻。”

“嗯？”久远以为成濑在开玩笑，看了过去，可成濑脸上的表情根本不像在开玩笑，甚至还带着些许忧伤。

“我估计，因为火尻的文章而自杀的女人就是她。”

久远想起成濑当初筛选出来的三件事。“你是说在无差别杀人案中的幸存者？”

“那个既是公司职员又是色情工作者的女子。”

“宝岛沙耶儿童时代的心灵慰藉就是她……可这是真的吗？有没有什么证据？”

"没有。"成濑直白地回答，"所以刚才我直接问了她本人。"

"哦，是这么回事。"

"我觉得那三件事当中，能跟宝岛沙耶有关的应该就是这一件，而且她们二人都是在东京长大的。"

"两个人当中一个叫宝岛沙耶，另一个……"久远还不知道那名受害人的名字。

"牛山沙织。"

"咦？那宝岛沙耶这个艺名该不会是……"

"有可能故意取了同一个字，也有可能只是偶然。"

"她的名字里还有动物呢，挺好。"久远不住地点头，"那你问宝岛沙耶什么了？"

"我只是问她，跟牛山沙织女士熟不熟。"

"结果怎么样？"

"就算不是我，换作任何一个人都能看出她内心的波澜。"成濑十分愧疚地说着，就像自己犯了罪一般，"我给了她一封信。"

"没想到成濑哥也有给明星写信的一天。所以袭击火尻的人是宝岛沙耶吗？她因为那个姐姐的事而怀恨在心？"

"不是，当时宝岛沙耶人在大堂。"

"那么……"

"应该还有帮凶。"

"感觉要找出来还挺不容易的。"

"不过大致情况我都摸清楚了。"

"帮凶吗？还是……"

"基本上是全部的事。"

"成濑哥总是这样，所以说你这个人可怕啊！"久远叹息道。

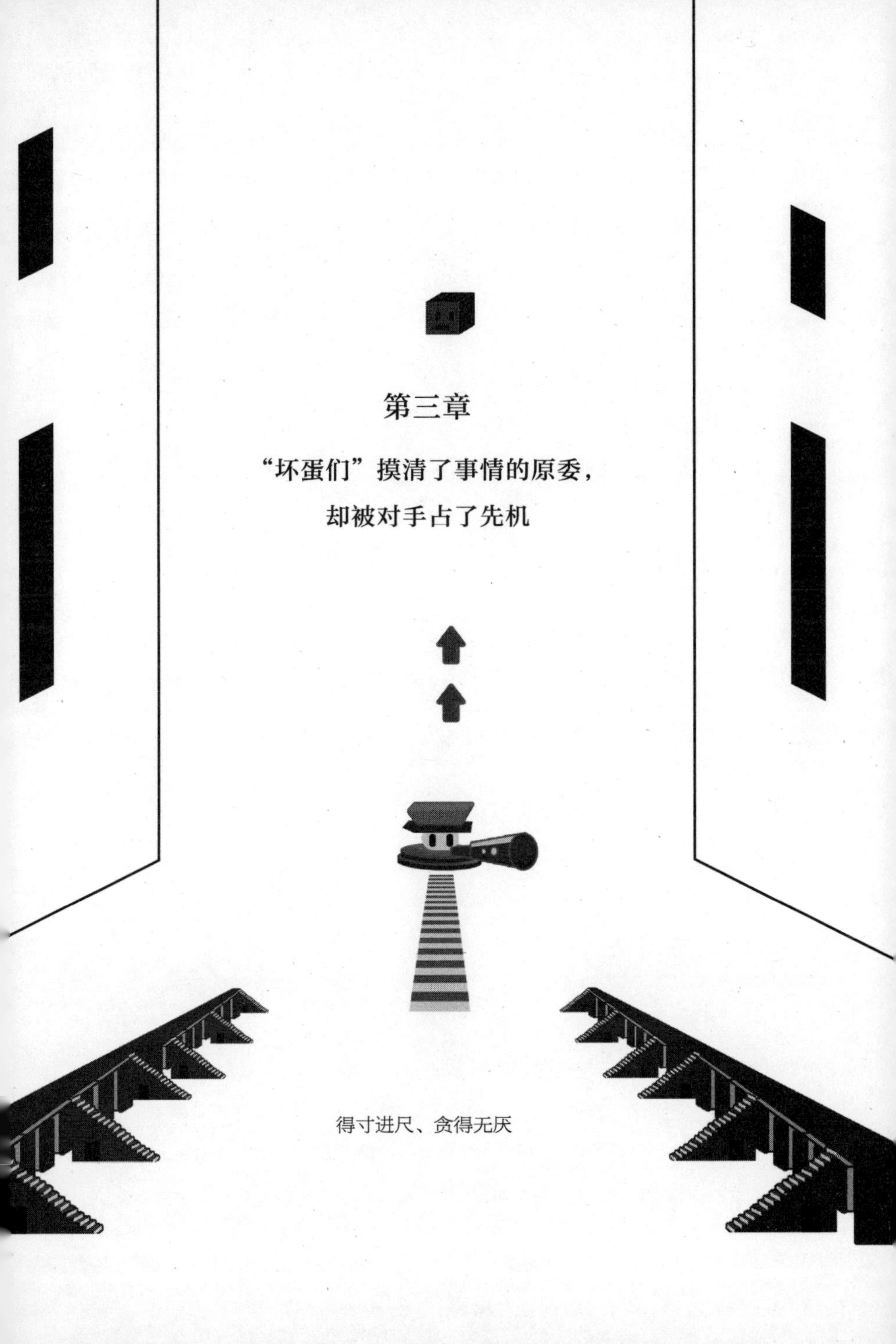

第三章

“坏蛋们”摸清了事情的原委，却被对手占了先机

得寸进尺、贪得无厌

响野 IV

ぎーそう【偽装】 ①为隐藏真相而将其假扮成其他模样或状况。“杀了火尻再将其～成自杀的样子。”“～工作。”②选用和周围环境相似的色彩，以达到隐蔽自身的目的，尤指战场上的类似行为。迷彩。③为实施犯罪计划，使自己成为有正当理由出现在作案现场的人。

“你就是成濑先生？”被这么一问，响野差点要反驳“我才不是那么无趣的人”，不过还是答道：“是。”

本来应该成濑单独来见这个人，但他单位突然有事走不开，这才找响野顶替：“不好意思，他只有这个时间有空。想让你替我去一趟。”

“真有事的时候，你果然还是第一个想到我啊，雪子和久远都不行。”

“雪子有事，久远拒绝了，我也没办法，你是最后的选择。我也是抱着豁出去的心态才请你去的。”

“那么我是压台的喽。”

“你怎么总是能变着花样夸自己呢？算了，总之你就按照我刚才交代的去跟他谈就行。"

"上了我这条大船你就放心吧。"

"大船一沉更是害人。"

真跟对方面对面时响野却没了自信，倒不是因为眼前坐在餐厅座位上的中年男子体态肥硕、颇具威严，而是他实在无法相信从成濑口中听到的事。

"你就是那天住在1602号房间的佐藤二三男？"响野看着手中的记事本说道。成濑给的指示都记在上面，这让响野有种正一边看小抄一边还得假装没作弊的感觉。

"这些情况你是怎么知道的？又为什么要邀我出来见面？"佐藤二三男保持戒备的同时还略有怒意，也或许他是为了戒备才故意装出生气的模样。"是酒店泄露了我的个人隐私吗？这不是给人添麻烦吗？"

男子四十五岁左右，长得很胖。

"酒店没有泄露你的隐私。"响野强调道，他觉得不能让慎一打工的地方背这个黑锅，"是我觉得必须为那天的事情道个歉。"

"打电话找我的时候你也这样说过，什么叫'关于那天的计划想跟我赔个不是'？完全莫名其妙……"

没有无视如此莫名其妙的邀约，而是前来见面——当佐藤二三男这样做的时候，相当于已经暴露了自己并不清白，或者与那件事脱不了干系，响野心想。

"据我们掌握的消息，当天住在1601号房间的是一个姓火尻的记者，而同样住在十六楼的还有明星宝岛沙耶。这些我想你也知道。"

佐藤二三男板着脸不发一言，看上去一副不服气的样子，似乎在表达"我决不会回答你"。

“我们还知道，火尻睡觉的时候，一个戴头套的男子试图对其行凶，可是查过监控录像后并没发现可疑人物进出火尻房间的画面。”

“监控录像？”佐藤二三男眼睛瞪得很大，可能还以为是酒店泄的密。

“细节不便透露，这点能力我们还是有的，就跟那些谍报机关一样，CIA①啦，KGB②啦。”

“你们的组织名称该不会也是三个字母吧？”

“对！PTA、NGK、ETC，③反正就是这一类组织应有的能力我们都具备，这些你就不用管了，总之在当天的监控录像中凶手并没有从电梯走出来。”

“所以你们就怀疑住在隔壁的我？摄像头肯定拍到我了，但我就住在1602号房间，被拍到也不奇怪啊，反而是理所当然的。”

“我们并没有怀疑你，凶手体型跟你相差太多。”

“说得好像你真见过似的。”

“把话说得好像自己真见过似的，要比这个的话，这世上还真没人比得过我。”响野挺起胸脯道，“关于这一点我是这样推理的，凶手其实一直藏在你的房间里，不是吗？”

响野说着这些话，明显感到情绪都随之高昂起来。他觉得自己此刻就是一个侦探，正破解着看似不可能的犯罪谜题。

“我房间里？你是说我窝藏凶手？”

“至于理由嘛……”

---

①美国中央情报局，美国主要的情报机构之一。

②通称“克格勃”，是1954年3月13日至1991年11月6日期间苏联的情报机构。

③PTA一般指家长教师联谊会，NGK或指日本特殊陶业株式会社，ETC指电子不停车收费系统。

“等等。”佐藤二三男朝前伸出手臂，似乎在努力让自己保持冷静，“这就古怪了。”

“古怪？”响野常被妻子祥子数落说“你可真够古怪的”，现在听对方这样一讲，他竟觉得这是在说自己，“没错，我就是古怪。”

“假设凶手真在我房间里，那他是怎么进来的？想进我房间也得乘电梯上来，结果还是要被摄像头拍到。如果摄像头没拍到，那就说明……”

“拍到了。”听到这句话，对方的表情一下子僵住了，响野见状微微一笑。“你的表情好像在说这绝对不可能？给你一个建议，你的反应已经坦白了自己就是凶手，如果天下的侦探都像我这样优秀的话……”

“真的拍到了？”

“没拍到，但也拍到了。”

“这……”

“我的意思是，那些录像一般人看多少遍都没用，但在我看来简直就是一目了然。”说着说着，响野似乎为自己这种洞察真相的能力亢奋了起来，然而他很快想起真正发现真相的人是成濑，并且连成濑都没有到一目了然的地步。“凶手在你办理入住之前就已经在房间里了。”

“就算是这样，摄像头也应该拍到他了。”

“没错！所以我说其实也拍到了。”

“你到底什么意思？”

“打扫房间的清洁工。”

“什么？”

“负责打扫房间的清洁工往来于各个房间，这些在监控录像里都有。怎么样？是不是已经很接近问题的核心了？”

“你想说凶手是清洁工？”佐藤二三男的眼神一下子锐利了起来。

“这个问题不好回答。清洁工也是凶手，但并不是袭击火尻的凶手。清洁工一直藏在客房里是不现实的，而且根据监控录像，所有清洁工在完成工作后都乘坐员工专用电梯离开了。”

“我完全不明白你想说什么。”

“清洁工当中有一个专门推着推车负责换洗床单的，话说到这一步，能得到的答案只有一个。你听着——”说到这里响野停了下来。终于要说出真相了，他很兴奋。他扫了一眼周围的餐桌，随后大声说道：“凶手就藏在那台推车里！”响野刚说完就听到背后传来一声干咳，看来他的声音太大，吵到餐厅的其他客人了。响野只好压低嗓门继续说道：“凶手藏在清洁工的推车里进了 1602 号房间，所以摄像头拍不到他。之后你办完入住手续，也进了 1602 号房间。凶手事先进房间并不是为了跟你幽会，他只不过在那里打发袭击火尻之前的等待时间而已。”

“慢……”佐藤二三男的脸色逐渐开始苍白，“慢着。”

响野没有停下来，不把这些推理一口气说完，他会忘记。“凶手看准火尻回屋的时机进入 1601 号房间，试图要火尻的命，然后再回你房间藏起来——这是你们最初的计划。”

“可是……”

响野以手势制止了对方的发言。“那么，凶手原本打算如何从十六楼脱身呢？这是个问题。来的时候是坐着清洁工的推车来的，可回去呢？怎么办？可惜，这个谜题对我来说并不难。其实当时还有另一个人也上了十六楼，这一点我也发现了。我想不发现都难，这就是我的宿命。那个使用了员工专用电梯推着推车去到十六楼的人是谁呢？没错，你应该最清楚吧？”响野又顿了顿，再次确认过道和旁边的桌子旁并没有人，同时不忘观察背后那一桌的情况，将声音压得比刚才低了一些。“是送餐的！”他伸出一根手指道。

背后又传来干咳声。他似乎又吵到别人了。

“用来送餐的餐车上铺着白色桌布，那是你点的。当然了，住客住在酒店里，点个餐让送来房间完全合情合理。只不过，给你送餐的那台餐车是用来让凶手藏进去好从十六楼脱身的。”

佐藤二三男一副欲言又止的表情，不知他是深感佩服还是不知所措。

“真是个周全的计划，简单易行又有所侧重。可惜从结果来看，你们并没能成功袭击火尻。为什么呢？因为一个不相干的年轻人突然造访了1601号房间。”

“那究竟是……”

“其实我早已经知道那个年轻人的身份了。你吃惊也是难免的，我们搜集起情报来就是这么用心，比落水者去抓救命稻草时更拼命。那么回到正题，你们的计划不得不半途而废。”

响野看得出来，此时的佐藤二三男脑子里正开会呢——怎么办？听到刚才那番话后该装糊涂呢还是如实坦白？

成濑曾经告诉响野，佐藤二三男此时应该会有所动摇，不知该怎么办才好。“所以到时候必须让他明白，计划内容我们全都掌握了，我们是站在他们一边的，至少不是敌人。”

“接下来是我的推理。”响野盯着面前的佐藤二三男道。

“什么？”

“首先，凶手原本打算如何处置火尻呢？他千方百计不让摄像头拍到，究竟是想干什么？就此我推理了一番，只要我一推理，答案立刻揭晓。你听着，凶手原本打算在1601号房间里要了火尻的命，当然了，如果真发生了命案，警方会介入调查。但如果到时候所有的监控录像里都找不到嫌疑人，结果会怎么样？火尻的死恐怕就要被定性为自杀或者意外事故了吧？这正是凶手所希望的。当天火尻回到房间后忽然犯困想睡觉，可能就是因为被下了安眠药。”

“你该不会想说药是我下的吧？”

“我没那样说。”

“那你说是谁？”

“这个问题对我来说也很简单，简单得让人觉得无趣。”响野说完却想不起“答案”是什么了，于是赶紧翻开记事本扫了一眼。“嗯……”上面是这样写的——“火尻被下药、在咖啡厅、之前有外国人”。响野真恨当初那个记笔记的自己，怎么就不能写得再清楚详细些呢？“是在咖啡厅。当天火尻也去过大堂的咖啡厅，他就是在那里被下了药。其实前一段时间还有个外国人在那个咖啡厅里睡着了，据说最后还是在酒店打工的大学生帮忙扛回了房间。”那天咖啡厅的女服务员确实说过慎一将外国住客送回房间的事。“那个外国人恐怕就是凶手拿来试药的，不管干什么事，总要事先演练一下才行。总之，火尻就是在那里喝下了安眠药，回房间后就睡着了，凶手则趁机潜入房间设法取他性命。事后警察着手调查时肯定要看监控录像，但只要里边没有凶手的影子，不管最后定为自杀还是意外事故，反正他杀这条线肯定会被放弃。这就是凶手的计划！”

佐藤二三男的嘴唇紧紧地抿成一条线。

“佐藤先生，现在我要告诉你一个令人震惊的真相，你不要太吃惊。”

“啊？”

“这是一起经过深思熟虑的犯罪。实际行凶的人藏在清洁工的推车里被送进1602号房间，这间房正是你事先预约好的，最后负责往房间送餐的人再将凶手带走，而案发之前，火尻还被大堂咖啡厅的服务员下了安眠药。”说到这里响野深深地吸了一口气——该以响彻全场的音量大声说出最重要的台词了。响野兴奋不已，可身后立刻传来一声干咳，似乎想将他的气焰打压下去。可恶，好不容易碰上这样的大场面！响野愤愤不平地想着，几乎耳语一般地继续说道：“当天酒店里的所有人都是帮凶！”

佐藤二三男愣住了，呆呆地看着响野，眨着眼睛。

响野伸头凑到面前的杯子上喝了口水。怎么样，面对如此惊愕的真相说不出话来了吧？他盯着哑口无言的佐藤二三男。

佐藤二三男确实是不知该说什么了，过了许久才冒出一句：“所有人……”

“怎么样？”

“所有人？这也太夸张了吧。”

原本响野想说的是“当初建酒店就是为了那一天”，不过他也明白这说不通。“没错。”他点点头，“刚才那句是有些夸张了。”

雪子 IV

こん—やく【婚約】 相互缔结婚姻的约定，或者该行为本身。订婚。“一对刚刚订下～的情侣。”

こんやくしゃ【婚約者】 婚约的其中一方。

“究竟有多少人参与了？”雪子问坐在对面的响野，然后吃了一口盛在餐盘里的食物。这家餐厅店面宽敞，让人感觉很舒服，雪子是第一次来。

菜都已经上齐，看不见店员的身影，恐怕厨房里也只剩下主厨了。

“行刺火尻的男子、负责打扫房间的清洁工、送餐员、佐藤二三男、咖啡厅的女服务员，还有……”响野嚼着嘴里的食物，“好吃。”他赞许地点点头，“这是什么肉？”

“宝岛沙耶。”坐在旁边的成濑边吃肉边补充道。

“你说这个肉是……”

“不是，我说参与那件事的人。肉应该是鹿肉吧？”

“那么她的作用又是什么呢？”

“鹿肉的作用？”

“宝岛沙耶之所以出现在那家酒店，恐怕就是为了引诱火尻住进去。火尻得知宝岛沙耶住在酒店后一定会设法接触，从酒店方面套取更详细的消息。此时只要适当给他放一些风声，再好心地告诉他可以预订同一层的房间，还怕他不上钩？”

“是谁告诉他这些的呢？”

“恐怕酒店里还有一名工作人员也是同伙，那个人负责给火尻提供线索，并且可以在预订房间时做手脚。总之他们确信，只要火尻住进了十六楼，为了独家报道一定不会中途离开。应该就是这样。”

“所以为了达到目的就连宝岛沙耶也选择配合他们？她当时可正下落不明呢。”

“下落不明也是计划的一部分。”成濑若无其事地说道，“因为这样一来火尻就会更紧盯着不放了。”

“成濑，你的意思是宝岛沙耶冒着牺牲事业的风险，上演了一场失踪好戏给火尻看？”

“从那本自传来看，她将牛山沙织当成恩人看待，那么她一定很想向害死了自己恩人的男子复仇。”

“其他参与协助这次计划的人也都跟火尻有仇？”

“可能性很大。响野，你说佐藤二三男和牛山沙织早就认识？”

“他好像是牛山沙织上夜班地方的老主顾。”响野说，“一个普通的顾客会为了牛山沙织而参与复仇吗？我带着这个疑问跟佐藤二三男聊了聊，结果他……”

“他怎么说？”

“他说牛山沙织是个好人，如果没有她的鼓励，恐怕就没有现在的自己。这个佐藤现在位居某个新兴企业的重要管理层，好像还挺能干。他说能取得今天的成就全都是因为牛山沙织帮助自己度过了最困难的时期。”

“好人”这一称谓的背后有多种意思：老实的人、亲切的人、善良的人、无法成为恶人的人，或者是八面玲珑、做事讲究分寸的人。再者，这世上并不存在完美的至善之人。雪子是这样认为的。“看来那孩子生前肯定是个好人。”她说。

一名身着白色厨师制服的男子从厨房里走了出来。年轻的他身材挺拔，在餐桌边站定后取下帽子问道：“请问味道如何？”

“非常好吃。”成濑的回答几乎不带任何感情色彩，雪子不禁苦笑，而响野则开始高谈阔论起来，阐述这些食物如何令他感到满足。

“最初的野味料理就是将猎人打猎带回来的鸟兽做成菜肴。”主厨解释道，“不过有人担心食物中毒等问题，所以我们这里的食材都会经过严格的品质把控。”

如果久远在这里会有怎样的反应呢？雪子想象着。久远并不是那种时刻控诉吃动物过分的人，甚至有时候也会单纯地去享受肉类美食，只不过，他似乎对“猎人”一词有着独到的见解。成濑没叫久远来这家店可能也有这方面的考虑。

“有时候客人会误会野味料理的含义，直接要求我们代为处理他们自己钓来的鱼，或者表示要自备食材让我们直接烹饪，遇到这些情况我们都会委婉地谢绝。”

“不管干哪一行都有不容易的地方。”雪子自言自语道。

“今天占用了你的时间真是不好意思。”成濑道歉说，“店开到现在全是因为我们吧？平常这个时间应该早关门了。”

眼前这名男子是这家餐厅的店主兼主厨，他说可以在晚上十点之后挂出包场的牌子，让众人在店里边品尝美食边聊天。

"并不是。这里最适合慢慢聊了，今天正好打工的人不多，负责上菜的店员刚才也下班了。"主厨在椅子上坐下，他给人感觉很开朗，像一名运动员。"嗯……"他的视线和雪子等人交会，似乎在寻找着开口的时机。

成濑先开口了。"不好意思，事情是我提出来的，至于你们是否愿意接受，我只有五成把握。"

主厨笑了。"我从佐藤先生那里得到消息，后来大家一起商议了一下。"

"所以你们做决定都是通过共同协商的形式？"

"我们的计划失败了，想再来一次恐怕很难。"

"因为火尻恐怕再也不会去住那家酒店了吧？"

主厨有些落寞地点了点头。"关于我们的计划，各位似乎都已经了解，我觉得与其兜圈子，还不如选择信任你们。"

"听你这样一说反倒压力挺大。"

"就算我们的事情被曝光，只要能让舆论注意到那个人的恶行，也算是我们给了他一个教训。"

"至于吗……"雪子听后很惊讶，"为了报复火尻，至于做到这一步吗？"

"当然。"主厨立刻答道，"我们决不会放过他。"

"你和……牛山沙织女士当时正在交往？"雪子问。

"我们打算结婚。"主厨说得云淡风轻，可能这是他避免自己过于怀念未婚妻的方式吧，"结果就因为那篇文章……"

"那么你……知道她的另一份工作吗？"响野试图修饰提问时的措辞。

主厨立刻答道："我当时并不知道。"他的语气中有自嘲的成分，

“报道出来后我才知道的。她一直很需要钱，和父母之间的关系也比较复杂。”

成濑点了点头。

牛山沙织的父母早就离婚了，后来双方都需要钱买药和做手术。牛山沙织并不是非得替他们出钱不可，但她似乎无法选择袖手旁观。

查出这些情况的是田中，他还略带感慨地加了一句：“那个火尻啊，压根就没打算把这些情况写进文章。”

不写的理由连雪子都能猜出个大概，那样会让文章变得不好懂。

“白天是上班族，晚上是色情工作者，就因为深夜独自出行才会碰上杀人犯。”好不容易以这种论调满足了读者的好奇心，再加进“其实她母亲身患重病”的信息反而会让众人内心混乱不已，不知该责难她还是同情她。所谓众人又指的是谁？是杂志的读者，是电视机前的观众。当然罪不在观众和读者，因为他们追求的本就不是事情的真相。

“我倒是听她提起过家里的情况比较复杂，可需要钱的事她从没跟我说过。就算她真的觉得我靠不住，至少跟我商量一下也好啊。”一瞬间，主厨很痛苦地抿了抿嘴唇，随后又无力地笑了笑，“唉，说到底，可能我在她眼里就是个不值得依靠的人吧。”

“我觉得她把所有事情都一个人扛起来也不对。”

“为迎合读者的猎奇心理而写出那篇文章的火尻，最后出来道歉了吗？”

“谁知道呢，反正我没听说。葬礼他也没来。”

“你们是通过葬礼认识的？”成濑继续问道，“我指这次计划的成员们。”

主厨点头。“其中还有她的同事。”

“是白天上班地方的同事？”

“都有。公司同事来了，曾和她一起上夜班的人也来了一个。佐藤先生一开始还撒谎说是她公司的老客户呢。”他笑了笑，“自我介绍说是色情场所的老主顾的确很难开口。葬礼后他喝醉了，说着说着突然就向我下跪。”

“他觉得应该向你道歉？”

“其实那不是佐藤先生的错，当然我内心也不是滋味。”他无奈地笑着，就像一个被触身球砸中的棒球球员，那表情好像在说，这时候责怪投手也没用。“不过我真心觉得没必要庸人自扰，接下来还有很多事情要面对，而且她也已经不在了。”

成濑似乎想说些什么，但最终并未开口，因为他知道比起抛出问题，沉默反而更能让对方产生倾诉的欲望。

“佐藤先生是个好人。”主厨痛苦得表情有些扭曲，“不光是佐藤先生，还有沙织的同事们，大家都说从她那里得到了勇气。我忽然发现……”

“你忽然发现？”雪子追问道。

“我跟他们之间有着无法割舍的关联。”

“哦。”响野抱起胳膊，简短地应和道。

“就连口若悬河的阿响也说不出话啦。”

“因为这听上去实在太不可思议了，我不知道这究竟是喜是悲还是可怕。”

“这世上无法定性的事太多了，一切都有好坏两面。”成濑说。

“就跟卓别林说的那样？以放大镜来看人生，人生将是一场悲剧；但是以望远镜来看人生，人生则是一场喜剧。”

“跟那个还不大一样。”成濑匆匆结束同响野的对话，转向主厨，

“你们是怎么做到同时出现在那家酒店的？那绝非偶然，总不可能就那么刚刚好吧？”

“一开始，”主厨开口道，“只有沙织曾经的一个同事在那家酒店当服务员。”

“辞去了原先公司的工作？”

“是。可能那件事让她对公司彻底失望了。”

为什么彻底失望，主厨并未解释，但雪子可以想象得出。就因为牛山沙织在夜晚做着另一份工作，竟无视她身为无差别杀人案的受害人这一事实，公司非但没有提供保护，甚至还将她作为异类冷漠对待，最终把她逼上了自杀的绝路。

“那个女服务员有一天在酒店上班时遇到因工作而来的火尻，他带着一个女人出现在大堂的咖啡厅，态度很蛮横。”

“因为他是那种钱掉了也不去捡的人嘛。”

“嗯？”

“没什么。”

“反正当时火尻看上去很霸道。”

“那个女服务员在你们计划中的任务是什么？”

“负责送餐和回收餐车。”

“可以理解为她想找火尻报仇。”

可能成濑说话时冰冷的语气让主厨误以为女服务员被认定成了主谋，他立即解释道：“这是大家的想法，是所有人一起想出来的。”说完又补充了一句，“那家酒店最近安装了很多摄像头，所以我们就想如果能利用好这一点……”

“就可以将火尻的死伪装成自杀。另外，咖啡厅的女服务员和清洁工都是被安插进去的吗？”

"'安插'这种说法……好像我们是间谍。"主厨微笑着说道，"平时他们工作都很认真。"

"一切都是为了计划实施的那一天。"

咖啡厅的女服务员是牛山沙织在色情场所工作时的同事，房间清洁工是牛山沙织中学时的同窗，而1602号房间的住客是佐藤二三男。

"房间预订是谁操作的？按照你们的计划，必须让火尻住在1601，让佐藤住在他隔壁。"

"哦，那是房间预约的负责人给我们提供了帮助。"

"提供帮助？"

"他听说整件事之后很愤慨。"

"就因为这个？"成濑追问道。

"愤慨不能成为动机吗？"

"或许可以，不过他竟然只凭这一点就相信了你们？"

"这个嘛……"主厨随后又给出一些含糊不清的解释，大致就是负责送餐的女服务员跟房间预约负责人正在交往，也可能已经结婚了，反正关系不一般。

"有几件事我想弄明白，"成濑没等对方表态，紧接着问道，"首先是佐藤二三男。"

"他是个好人。"

"这我知道，他看上去也不像恶人。我想知道如果你们的计划顺利实施后会怎样。"

"那是另一个未来。"主厨半开玩笑地说道。

"在那种情况下，监控录像将为你们证明'没有疑似凶手的人到过十六楼'一事。那应该是你们事先计划好的。"

“是的。”

“但就算事情顺利，难道住在隔壁房间的佐藤二三男就不会遭到怀疑？如果警方对火尻的仇人逐一排查，很可能会注意到住在隔壁的佐藤二三男。”

“可能性不是完全没有。”

“那到时你们准备怎么办？”

“其实当时，”主厨说道，“佐藤先生一直在给信用卡公司打电话咨询。”

“什么？”信用卡的咨询电话如何跟案子扯上关系？雪子皱起了眉头。

“那种信用卡的咨询电话，为了避免纠纷都会录音。”

“原来是这样。”

“电话接通后马上就会听到‘本次通话将全程录音’的语音提示。”

“听到那种提示，让人一下子就有了说话的欲望。”响野不住地点着头，“话也说得更流利了。”

“这样一来电话录音在关键时刻就会成为不在场证明。”

“对。如果警方真的查到那一步，他们就会发现，那个时间段佐藤先生一直在打电话。”

“一边打电话给信用卡公司投诉，一边杀死火尻并伪装成自杀的样子，这有可能吗？”响野看着雪子问道。

“应该十分困难。”雪子回答。

“其他还有什么想问的？我负责的部分？我……”

“不，这个我们知道。当时潜入火尻房间的人就是你吧。”成濑极其自然地说道。

考虑到跟牛山沙织的亲密程度，身为未婚夫的他自然是复仇的主角。

“宝岛沙耶是什么时候加入你们的？”

“哦……”主厨的表情中似乎有些愧疚，可能是因为宝岛沙耶的身份跟普通人不一样，将她卷进复仇计划令主厨于心不安。“她从一开始就在。”

“从一开始？”

“葬礼时她偷偷去了。起初我没认出是谁，是她主动告诉我的。当酒店的计划成形后她就提供起了帮助。”

“牛山沙织跟你交往的时候，提到过宝岛沙耶吗？”

“宝岛沙耶出现在电视里的时候她总是很开心，还自豪地说‘她以前就住我家附近’。提是提起过，但她说宝岛沙耶应该已经不记得她了，所以我完全没想到她们的关系曾经那么要好。”

“她可以算得上是宝岛沙耶的恩人。”成濑说。

“看来她比较谦虚。”雪子揣度着牛山沙织的为人，“要是阿响恐怕就要高举写有‘恩人’二字的牌子直接找上门了。”

“是啊，我一不留神就会成为别人的恩人。”响野挺起胸，说着一些别人听不懂的话。

之后成濑又问了几个问题。“谢谢你今天挤出时间来。”最后他向主厨表达了感谢，“佐藤先生应该也告诉你了，当天破坏了你们计划的人是我们的朋友。”

“就是当时去房间的那个年轻人。”

久远撞到的人正是主厨。

“所以我们想就此事道歉。”

因为这种事接受别人的道歉应该也挺别扭，主厨沉默了。餐桌上他亲自下厨做的食物早已经被雪子等人吃完，现在只剩下了空盘。

“其实……”他盯着那些盘子，轻声说道，“我们打算做的事情，其实是错的吧？”

“错？什么意思？”响野皱眉道。

雪子明白他想说什么。对自己来说很重要的人死了，于是向造成这一结果的人复仇，而且是以命抵命，主厨或许隐约感觉到这种做法太过激进。

“我不知道该如何回答。”成濑说，“但是因火尻的文章而整个人生被毁了的人不在少数，如果有人想对其施加惩罚，我不觉得那是错。至于可不可以杀了他，这个不太好说，不过我觉得并不算错得过分。”

“是吗？”成濑的答案似乎让主厨很意外。

“我们也不是循规蹈矩的人，能给出的建议不是那种人人知道的大道理。”响野耸肩道。

“我倒是觉得，当时如果没给你们添乱就好了。”雪子笑着说。

“啊？”

“如果当时计划能够顺利实施该有多好。”

主厨将眼睛瞪大了些。“这话有些过激了吧？”

“那不是你们本来准备要做的事吗？”响野茫然道。

成濑 VI

いーらい【依赖】 ①拜托他人做事。依据态度不同，有时候听上去会误以为是命令。②依靠他人。仰仗。“～心很强。”

科里的办事员跑来告诉成濑，外面有一个人说无论如何要见科长。这名办事员在职时间很长了，成濑一直很信任她。

“怎么了？是有什么情况要投诉？”成濑问。一般来找有官衔的人谈话的基本上都是投诉。

“看上去也不像。问他有什么事，他只是一个劲地说想跟科长谈谈。”

“明白了。”说罢成濑就站了起来。

“哦，对了，”这时候办事员突然开口道，“没想到科长还有令人意外的一面。”

“令人意外的一面？”

“前两天一个新闻节目播出了宝岛沙耶签售会的实况。”

“哦……”

“我感到很意外。”

“拍到我了？”

“您当时小心翼翼地捧着书。”发现了上司不为人知的一面，她看上去挺开心。

去参加签售会并不是什么难以启齿的事，太遮遮掩掩反而是对宝岛沙耶及其粉丝的侮辱。成濑暗想，但嘴上却不知该说什么好，最后只挤出一句：“看见真人是挺感动的。”

成濑听着办事员在他身后发出的爽朗笑声，慢慢走向前台。看见火尻的一瞬间，他就明白了一切。还不如接待投诉呢，他在心里抱怨道。

“科长大人。”火尻抬手道。

“什么事？”

“哎呀，想请你帮个小忙。”火尻脸上堆满了笑，眼神却没有一丝变化。

成濑觉得自己正面对着一条毒蛇。“是哪方面的事？我替你介绍相关部门的人。”

“我在想啊，这哪里有坑呢？”

“坑？是地基下沉吗？”那应该去找住宅环境整备科——成濑没来得及说出口这句话，就被火尻打断了。

“嗨，秘密这东西，不是应该都吐进坑里去才好吗？就好像‘国王的耳朵’[①]那个故事里那样。我现在有个秘密想说出去，心里憋得难受，可要是真说出去了又有人要遭殃，我好为难啊……”说到这里，火尻突然压低了声音，“我就想告诉他们，这里有银行劫匪！”

“要不你去找找看有没有‘驴耳科’？”

①希腊神话《驴耳朵国王弥达斯》中的情节。得知国王秘密的理发师苦于无处倾诉，于是挖了一个深坑，喊出“国王长了驴耳朵”这个秘密后将坑埋上。

午饭时间二人约在附近一家居酒屋见面。这家居酒屋开在地下一层，也卖午饭套餐，店里座位很多，这个时间段相对显得宽敞一些。

“比起久远那个愣头青，我看还是你比较可靠。依我的判断，成濑先生，你应该是带头的吧？因为我觉得你可以冷静地判断形势。”午饭套餐送上桌后，火尻挑起了话头。

“你有什么难处？”

“前些日子，你朋友……”火尻故意将“朋友”二字说得意味深长，“好像去过我推荐的赌场。”

“一开始输了，不过最后还是不赔不赚。老天保佑。”成濑觉得此时正面回应要好过装糊涂或者把话扯远，“火尻先生，你好像在那里欠了不少钱？”

“是啊！可头疼了，所以我才想找你商量一下。”

“非法聚赌产生的欠款可以不用还的，这你应该知道吧？”

“嗯，知道是知道，如果他们肯松口说‘哦，原来非法聚赌的欠款可以不还啊，不好意思’，那我也犯不着这样操心了。”

“那倒也是。”这一点成濑也想过。那栋公寓里的赌博团伙成员个个年轻，可身上完全没有年轻人的涉世未深和青涩。他们冷静又宽容，但对那些不顺从或者不守规矩的人毫不手软。宽容有时会招致怠慢，成为统治瓦解的原因之一。该惩治的时候如果不作为，组织便难以维系。

“所以我想请你办件事。你能不能替我跟他们谈谈，把我输的那些钱也一笔勾销？”火尻稍微压低身子，从下而上盯着成濑说道。

“怎么谈？”

“那是你该考虑的问题，不是我。市民找到警察说‘请降低犯罪率’，警察可不会反问‘怎么降’。反正，我就是想跟他们撇清关系。”

“如果我真有那个本事倒好。”

“反正就请你多费心了。”火尻乐呵呵地说道，随后又像是忽然想起了什么，补充了一句，“对了，成濑先生，你看你儿子好不容易才找到工作……”

成濑抬头发现火尻正喘着粗气，鼻翼微微颤动，似乎在宣示着自己的力量。“不愧是记者，调查工作做得很到位。”

“我好歹也是专业人员。”

“我已经离婚了。”

“那也是你的宝贝儿子。”

“他跟这事没有半点关系。”

“如果他爸是罪犯就不一样了。”

“我只能说你这是栽赃。”

“身为公务员摊上这种事很棘手的。”

看来火尻打算以还未落网的银行劫匪为主题写一篇追踪报道，标题暂时还没有，但肯定会把成濑等人的事情写出来。虽然火尻没有确凿的证据，一切纯属臆测，但他表示“虽然这样，也一定能引起轰动”。很显然，这句话透露出由过往经验而生的自信，并不是虚张声势。在不指名道姓的前提下旁敲侧击地去写一个普通人，并给读者留下这个人跟犯罪大案有关的印象，他真的能做到这一点吗?

其实成濑也可以选择不予理会，任火尻而去，但他不能这么做，因为他们的确是银行劫匪，如果被人揭穿，后果会很严重，此时意气用事、故意挑衅对方并不是上策。

“再比如说这个，这可不是瞎说而是事实。”火尻取出一叠材料放在桌上摊开。是剪报。“这个叫地道毅雄的你认识吧？”

是慎一的父亲。他欠下的债如雪球般越滚越大，雪子担心自己和孩子的安危，于是带着当时还小的慎一离开了地道。

“几年前，身为抢劫团伙一员的他被捕，他的一个同伙还遭到了杀害。”

地道是个小角色，他只不过提供了成濑等人抢到巨款的消息。他参与犯罪一事确凿无疑，但杀人跟他没有关系。

“这个地道毅雄是你朋友的儿子，就是在酒店打工的那个男孩的父亲吧？”

“他们已经离婚了。”

“从生物学角度来说，他是孩子的父亲这一点不会改变。”

“你想说什么？”

“这个消息如果在那样一个乖学生的身边传开来，我看可不妙。到时候大家都会说他的爸爸是罪犯，恐怕要离他远远的了。”

“或许他根本不在乎。”慎一究竟如何看待父亲，又是如何接受、消化那些事情的，成濑并不知道。有时雪子同慎一聊起母子二人相依为命的生活，他会说“我才不会在乎呢”，成濑看得出那确实不是谎话。

“就算本人不受影响，周围人对他的看法肯定会有所改变。再活泼、再健康的鱼，水要是浑了，日子也不会好过。这世道就是这样。”

“看得出来你很擅长把鱼缸里的水搅浑。”

“鱼缸？”火尻似乎没有听懂成濑的讽刺，只是皱了皱眉，“反正这么些年来，这样的人我见多了。”

“你是指那些因为一篇报道，宝贵的人生就变得一团糟的人吗？”

“报道再怎么样也只是一篇刊登在杂志上的文章而已，是那些揪着文章内容不放、无端生事的人的错。媒体有报道的自由，这保障了大众的知情权。”

“知情权？完全是推脱的借口。”平时成濑不会去回应这种言论，一直保持既不否定也不肯定的态度听过就算，然而今天他却忍不住反驳。“一件事情对普通人来说有‘如果不知道会带来不便’和‘就算不知道也没什么大不了’两种情况，比如说那些名人的绯闻，杂志上如果登了，人们可能会在好奇心的驱使下去阅读，但没登也不会给人们带来困扰。作为写文章报道的一方，其实只不过是将所谓的知情权拿来当挡箭牌而已吧？”见火尻一副笑嘻嘻的嘴脸，成濑继续说道，“为了自己写的文章有人读，就必须满足读者的偷窥欲——你倒不如干脆点承认。为此不管什么人的什么秘密你全都能挖出来，这样多好理解。”

“成濑先生，话不能这样说。那些大企业和政客的黑幕呢？为了保障知情权，必须让大众知道。”

“有些新闻对社会完全没有影响，但就是会吸引大批读者，也有新闻其实对国家来说很重要，但没什么人关心。火尻先生，你会选择报道哪一种？”

火尻没有任何为难的样子。“这个嘛……你看，我就是个不上档次的记者。记者也有很多种，大家有各自的使命，各自也都在奋斗，被你这样一概而论就太可怜啦。记者有好记者，也有坏记者。”

“我没有任何一概而论的意思。”

火尻早已习惯了在责骂的箭雨中闪转腾挪。“不过成濑先生，他人的不幸尝起来似蜜糖，这句话可不假。曾有人做过一个关于嫉妒的实验，当老鼠看到强于自己的敌手遭遇不幸时，大脑会感到愉悦。这是无法改变的，是大脑的问题。”这些话火尻也不知说过多少遍，衔接是如此流畅，简直像在演讲。

成濑意识到自己正被对方的节奏牵着走，努力设法镇静下来，就在此时火尻的手机响了起来。

火尻没询问成濑的意见直接接起电话，毫不掩饰地用不悦的语气喊道："啊？"随后便居高临下地发起火来，"你管那些没用的干什么！"他说，"材料我不是都拿给你了吗？"

可能是跟对方言语不合，他不耐烦地起身走至店门口后继续说话。可以看得出他正破口大骂。

电话终于打完了，火尻刚走回来便抱怨道："最近那些编稿子的真是一个比一个不灵光。"

"一概而论太武断了，编辑能力有强有弱。"

"刚才那个就不怎么样，只会多管闲事说风凉话。什么'这段材料不能用，是违法的'，怕成那样什么都干不成了。我都告诉他了，就是要在法律上打擦边球才有价值。"

"那让他按你说的去做不就行了？"

"早说过了，真烦。"火尻喘着粗气，在试图冷静下来的同时仍自言自语地说个没完，"对了，刚才说什么来着？"

"吃完这顿午饭，咱们就互不相干，各自回去努力干好自己的工作。大致就说了这些。"

火尻一脸嘲讽地看向成濑。"你竟然还会开这种无聊的玩笑。"

"我倒觉得挺有意思。"

"成濑，我告诉你，让我的欠款一笔勾销——这就是我的要求。方法你们自己想，给你们两个星期的时间。我只能等到下周末，如果到时候你们没联系我，或者联系我了但欠款还没解决，我就……"

"你就？"

"做我该做的事。"

"就是搅浑鱼缸里的水呗。"

久远 V

したがう【従う・随う】 ①跟随上司行动。随行。②不反抗地接受他人的意见。听从他人的指示。遵守命令、教诲、规则。依附于强大的势力，按照其要求行动。投降、降服。屈服。③随着。根据周围环境的变化而一起变化。顺应形势。"～系列里的作品越来越多，写起来也越来越累了。"④从事、经营某种业务。

房间和响野说的一样白，看上去是那么洁净。久远总觉得在哪里见过类似的房间，试图在记忆中搜寻，但跟过去曾经住过的旅馆或酒店似乎都不像。随后他才恍然大悟：哦，是那个，《二〇〇一太空漫游》的主角——久远不确定是否应该称其为主角——最后进入的那个房间。这里很像电影里那个井井有条却又散发出诡异气息的房间。

"火尻先生的一个朋友之前也来过。"一名男子坐在桌边说道。他年轻却不失沉稳，带着十足的威严，一看就知道这里都在他的掌控之下。他一定就是那个大桑。

"哦？"

"是个挺有意思的人。一开始输得很惨，不过后来清掉了所有的账，回去了。”大桑并未显出丝毫不甘心，他既不愉悦，也不愤怒。

“哦？”久远心不在焉地回应了一句，装作不认识前几天来玩牌的响野和成濑。

久远没看到其他客人，于是在房间里转悠起来。他本以为会遭到制止，却并没有，那些年轻的工作人员只是向他投以专注的目光。

“哟！乌龟！”久远看到了水池，美丽的龟壳令他兴奋，他掏出手机打算拍照。一名身材挺拔的男子不知何时已来到他身边，神情紧张地小声警告道：“不可以拍照。”声音虽小但气势十足，虽不是威胁，但久远还是吓了一跳，赶紧收起手机。“看看总可以吧？”他说着，弯腰看起了乌龟。

“那是我奶奶的遗物。”大桑开口道。

“真不错。真是好乌龟，个头也够大。你奶奶一定是个好奶奶。”久远并非奉承，只是将心中所想说出口了而已。

大桑听到后大声回应道：“谢谢你这句话，我很开心。”这反倒让久远略感意外。他回头，只见大桑的表情柔和了一些。“我奶奶就像那只乌龟一样，很可爱，很温柔。”

像乌龟一样——久远听不太懂，但还是点点头，“嗯”了一声。

牌局开始了。一开始久远还有些担心，不知结果会怎样，然而牌局并未如他所想般呈现一边倒的局势，他拿到好牌的次数甚至还要更多一些，逼得大桑不得不屡次放弃。久远的筹码少了又多、多了又少，然后又变得更多，一直持续到了牌局结束，最终他反而赚了一笔，没有公司年终奖那么多，但也超过了一般零花钱的数目。

按照响野的说法，他们“一般先让人多赢几次放松警惕，然后赌一把大的，把钱全赢回去”，可今天的牌局似乎并不是这样。“趁现在还赢了点钱，我还是回去吧。”久远表示想走时大桑也没刻意阻拦，反而建议他“这样比较好”。

久远不禁猜测是不是自己夸赞了大桑的奶奶而让大桑心情不错。他开始觉得既然大桑对乌龟那么珍视，可能也不是什么坏人，但他还不能就这样回去。“还有，我想跟你商量一件事。”久远开口道。

“什么事？”

“和介绍我来的火尻先生有关。”

“哦。”

“他在这里欠下的钱，能不能全清了？”

首先只能尝试直接面对解决——之前大家商议时成濑这样说过。火尻搬出成濑的儿子正志和雪子的儿子慎一，以近乎恐吓的方式提出要求，这让久远十分反感。不过久远也觉得与其纠缠不清，还是尽快满足他的要求撇清关系更明智一些。

“欠下的账当然可以清。”

“哦？是吗？那太好了！”

“只要他把钱给我，账也就痛痛快快地一笔勾销了。”

“哦，是这个意思啊。”久远顿时泄了气，“他好像拿不出钱来。”

“那也得还。”

“你们就没想过让他吃吃苦头，用强硬手段把钱要回来？”

“什么样的强硬手段？”

“比如说先替他买好保险，再要了他的命。”

久远说得十分淡然，大桑则短促地吐了口气，像是在嗤笑。“没想到你还挺敢说。”

“只是打个比方而已。不过火尻那么自私，不是什么好人，在他身上下点狠招也没什么不好。”

“有意思。刚才你为了欠账的事替火尻求情，我还以为你要帮他呢，结果竟然让我买好保险杀了他？”

“嘿嘿。”大桑这帮人如果能对火尻下手，最好能重创他，这样他就没那份闲心找我们麻烦了，久远心想。“假如火尻跑了，你们怎么办？会去追吗？”

“当然要追，就算追到十八层地狱也在所不惜。不对，让我们抓到他，那才真是他的十八层地狱。”

面色平静的大桑魄力十足，久远只觉脊背发凉。

“他不跑，我们就不会乱来。当然每隔一段时间会提醒他一次，只要他还有还钱的打算，我们就不会硬逼，因为那样反而更费事。”

“火尻恐怕没有还钱的意思吧？”久远说道，他希望大桑去找火尻麻烦，“我看还是得手段强硬些才好。”

“你这是在帮我出主意吗？”

“怎么会呢？人类有一点不好，就是总觉得自己能替别人拿主意。”

“你说话真有意思。那些昆虫啊动物什么的就不会出主意？”

“会通过信息素发出信号，遗憾的是人类却试图用语言交流。”

“用语言不好吗？”

“也不是说不好，但语言中有道理和情感。打个比方，如果人心里抱有‘为什么非得是我低头认错’的想法，那么即便是应该由自己诚恳道歉的情况下，说出来的话也会变味，这样就没法好好沟通。语言在被说出来之前，已经被大脑里的‘领导者’反复裁定了很多次。靠语言没办法诚恳，如果能像荷尔蒙那样直截了当地表现出来就好懂很多。”

说完这些，久远表示想去洗手间，一个穿着黑色西服的高个子工作人员一言不发地带着他来到走廊。

火尻很聪明，久远心想。他摸透了大桑这帮人的心思，知道只要自己不跑、不反抗，对方就不会硬来，所以才没有逃之夭夭，而是尽力表现出打算还钱的样子以争取时间。

走廊不长，构造却稍显复杂。

“好像迷宫似的。”久远说道。

前面的工作人员听后回应道：“走廊连着这一层的好几个房间。”

“真是豪华，跟蚂蚁窝一样。”

工作人员停下脚步，缓慢地转身。“蚂蚁窝很豪华吗？”他表情严肃地问道。

“那还用说，当然豪华了。蚂蚁窝分很多种的。”

“白蚁其实跟蚂蚁不是亲戚，是吧？”

“白蚁跟蟑螂是。对了，类似的情况，还有一种叫螳螩的昆虫也挺有意思的。”

“哦，我知道。”工作人员还是面无表情，只是声调稍高了一些，“时隔八十八年发现的新目。”

久远开心不已。这世上常有新的昆虫品种被发现，但几乎都属于直翅目、鳞翅目或者蜻蜓目这些已有的目之下。但德国某研究院的研究生们细致观察和孜孜不倦地探索后发现的螳螩，却无法被纳入任何一个现有的目，是完全未知的物种，为此甚至专门新设了“螳螩目”加以分类。二十一世纪居然出现新目，可谓震惊世界的大事。

“你知道的挺多。”

“说是新物种，其实不过是人类最近才发现而已，螳螩本身已经存在很久了吧？”

“对、对！”久远感觉找到了知己，心情大好，“你知不知道，螳螩是时隔八十八年的新发现，那么八十八年前发现的是什么？是蛩蠊目！”

“听倒是听说过。”

“蜚蠊和螳螂的关系很近，放到树状图里的话就是邻居。网翅目也在它们旁边。”

网翅目是由蟑螂和螳螂组成的目，久远觉得一般人恐怕不知道这一点，可这名工作人员却立刻“嗯”了一声。“螳螂和蟑螂居然是近亲，还挺让人意外呢。”他说。

久远也赞成。“所以啊，我觉得应该还有不少跟蟑螂相近但还没被发现的物种。”

工作人员也睁大了眼睛道：“的确可以这样说。”

“真是没想到。”久远忍不住感叹。

“没想到什么？”

“以前从来没有人在我聊起这些话题的时候表现出兴趣。”

“我也不是很精通，不过兴趣还是有的。”

“你对昆虫的分类感兴趣？真是难得。”久远继续迈步前进。走廊尽头有一扇房门，上边似乎装了某种密码装置。“进厕所还需要输入密码？”他问道。

“不是，厕所在这边。”工作人员挡住久远，指了指旁边的一扇门。

“密码锁？有些过时啊。”久远扭头看了看刚才那扇门说。人若是感到被蔑视会产生逆反心理，有时候本不该说的事也会不小心说出口。对方面对这样单纯的挑衅是否会上钩，久远并无自信，所幸工作人员很快便回答道：“不是，那是指纹锁。”

“指纹啊，难怪了，那是最先进的啦。”久远漫不经心地边说边走进了厕所。

工作人员并没有跟到厕所里面。最开始进赌场时有人搜身，为的是确定久远身上没有出老千的道具，不过也只是点到为止，他们并没有检查钱包。

久远取出钱包，从卡片之间的缝隙中小心翼翼地取出事先塞在里面的东西，将其放在厕所内的小架子上。

“对不起。”久远在离开之前道歉说。

“怎么了？”大桑的表情仍旧如机器人一般，不过看得出来久远的道歉让他感到意外。

“这个。”久远掏出手机，“刚才你不让我给乌龟拍照，其实当时已经拍了一张。”

大桑接过手机，面露难色，叹了口气。

“因为那乌龟实在太可爱了。”

“不好意思，我真的不喜欢有人在这里拍照。”

“我知道。”久远说，“你可以把那张删了，还可以查一查我有没有拍其他的。”

久远不认为这种道歉方式有多诚恳，然而大桑也没有不开心，熟练地操作了几下手机后就交还给了久远。“还好你坦白了。”

如果一直装糊涂，结果在离开的时候被发现偷拍了照片，会是什么结局呢？久远光是想想都感到可怕。他走出公寓，直到远离那栋建筑后才放松肩膀舒了口气，此时他才意识到自己刚才很紧张。他拿出手机，拨出一个电话。

对方很快接起并且问道：“怎么样？”

“喂，成濑哥。牌打完啦，勉勉强强没有输。不知道他到底有没有使诈。”

“他如果想使诈随时都可以，不过就算不使诈，他本来也很厉害。”

“你说技术？”

“技术、知识和牌感。对了，你居然没输？了不起。”

“他是个好人，他的手下也是。”

“你看人的标准也是个谜。怎么样？要刺探的情报到手了吗？”

“多多少少吧。”

“见面之后跟我详细说说。”

“包在我身上。哎，响野哥上次是不是输了很多？”

“你说牌局吗？是的。”

“那回头得好好跟他炫耀一番。”

“他会更加唠叨个没完的。”成濑说，“对了，我这边也有消息了。”

“消息？是响野哥的吗？”

“不是。消息来自一名粉丝众多的偶像。”

久远一下子没反应过来，不过很快就明白了。“签售会的那封粉丝信也起作用啦。”

“看来偶像是会认真阅读粉丝来信的。”

成濑 VII

ファン【fan】 ①体育项目或文娱活动的爱好者。选手、队伍、艺人等的热心支持者。fanatic（狂热者）的缩写。②风扇。鼓风机。换气扇。

“你还挺小心的。”坐在长椅上的成濑说，“真是不容易。”

他旁边是脸几乎完全被墨镜和口罩遮住的宝岛沙耶。“其实也还好。”

“隔着墨镜都能感觉到你很紧张。”

“一到这种人多的地方，我就会不自觉地警惕起来。”

山下公园临海的一侧排列着很多长椅，二人就坐在其中之一上。可能因为是节假日，公园里到处都是人。在他们的左前方，一个街头艺人正不停地将几个圆球抛到半空，动作飞快，好像在玩沙包游戏，路过的行人不时会瞟上几眼。

“很少有人会盯着坐在长椅上的人看。”

“我知道。”宝岛沙耶低声道，“但不管什么地方总有些神经质的人或者难缠的人。”

二人正说话时，不知从哪里跑来一个大概刚上小学的小女孩，背对二人坐到了地上，可能在等家长。宝岛沙耶见她在面前晃悠，于是问了一句："你迷路了吗？" 小女孩面无表情地表示否定，仍旧自顾自地走来走去。

"是不是在这里等妈妈？" 成濑问道。

"嗯。" 小女孩回答。

成濑无奈地向宝岛沙耶耸耸肩。

"说实话，这样我很困扰。" 宝岛沙耶开口道。

"困扰？是因为有个小女孩在我们面前晃悠吗？"

成濑的玩笑并未得到回应。"不是，是关于牛山的事。我不想再卷进去，我跟她其实没有什么关系。"

"可是……" 成濑说道，"可是，你刚出的那本书里不是还专门写了她吗？"

"哦，那个啊。" 她自嘲般地皱了皱眉，"我并没有什么特别的意思，只是一直对那个姐姐念念不忘，所以才决定写写看。"

"她不是你的恩人吗？你在书里是这样写的。"

"她曾经帮过我，那是事实。至于恩人嘛，我只是觉得这个词通俗易懂才用的。"

"那你为什么要帮助那些人呢？"

宝岛沙耶承认当时在酒店以自己为饵吸引火尻上钩。"也谈不上帮助，我本来也没想跟他们扯上关系。" 她叹了口气，口罩微微颤动了一下，"他们找上了我，我没办法才配合的。"

就在这时，火尻突然出现在二人面前。只见他从那个好似迷了路的小女孩腰间掏出一个长条状的物体，随后又冷冰冰地说了两句什么，将小女孩赶走了。

“哎呀，成濑先生，竟然又在这里见面了。”火尻嬉皮笑脸地说道。

“你在刚才那个小女孩身上放了麦克风？”火尻故意让小女孩接近二人以达到窃听的目的，成濑不得不承认他做事的确有一手。“她总不会是你女儿吧？”

“只要花点小钱总能找到人替我做事，不管那人几岁。”火尻说着从耳朵里取出耳塞。

“利用孩子想要零花钱的心理让他们替你干坏事可不好。”这是成濑的真心话。

“我又没诱拐他们去拍儿童色情片。”

“她这次替你做这样的事，以后面对不正当要求时就有可能放松警惕，因为她会觉得之前就是这样拿到零花钱的，没有任何问题。”

“那又怎么样？管她以后会遇上什么样的坏事，反正我又没直接参与。”

“间接导致他人的不幸你就不在乎？”

火尻喘着粗气。“都照你这样说那就什么事都干不成了。有人拿刀杀人，难道要怪制造刀的人吗？有人为钱死了，难道要怪印钞票的人吗？这逻辑完全行不通。总想着揪出令人不幸的原因，那这个世上每个人都有罪。”

“你说的道理或许没错，但和你做的事情根本是两码事，完全不一样。”

“不一样？你说了算吗？”

“有人因为你写的东西而受到伤害，这不是间接伤害，而是直接伤害。”成濑说着，脑海中浮现出足球画出弧线飞入球门的场景。

“如果我真有你说的那么坏，早就被抓起来了。”

“我想说的是……”

“你想说什么，科长大人？”

“你为什么感觉不到一丝愧疚？”

很显然这句话火尻并没有听进去，他满脸的不屑似乎在说这全是歪理。“没想到，”他歪了歪头，龇牙咧嘴地笑道，“没想到你居然还认识宝岛沙耶。”

宝岛沙耶推了推墨镜，低下了头。

“你什么时候开始跟踪我的？”成濑问。

“说什么呢！我还真没那个闲工夫去缠着你成濑科长，一个默默无闻的公务员。”

“那就好。我真怕你闲得没事整天只知道纠缠默默无闻的公务员。”

“我跟踪的是这位宝岛小姐。”

“你什么时候……”宝岛沙耶摸了摸口罩，皱眉说道。

“从昨天开始。看来你最近并没有什么工作，做出那种出逃的事，难怪别人会对你敬而远之。也多亏你闲，我跟踪起来更轻松。”火尻开始露出本性，语气也随之粗暴起来，“不是吓唬你，照片我也照了不少。今天上午你先去美甲，然后吃了顿饭。还有闲工夫花心思在指甲上，挺会享受嘛。”

宝岛沙耶立即做出遮掩指甲的动作，仿佛秘密被别人看穿了。“这是我唯一的放松方式了。”她轻声解释道。

“吃完饭购物，再后来就上了出租车，我还以为要去哪里呢，没想到竟然跑到山下公园来见男人，而且还是我的熟人，真是吓了我一跳。没想到啊，居然是伟大的抢劫犯成濑。看到你们俩在一起简直像做梦。”

“抢劫犯？”宝岛沙耶反问道。

“估计是他自创的比喻。”成濑搪塞道。

“最近收音话筒的性能越来越好了，刚才你们说的话我差不多都听到了，不过不懂是什么意思，能不能请二位给我解释解释，你们都聊了些什么？‘帮助他们’是什么意思？”

火尻不停地切换着语气和表情，时而谄媚，时而平和，时而居高临下，就像一个不断变换姿势的拳击手。

“你们提到了一个名字，牛山是谁？”

“你不觉得这个名字很耳熟？”成濑盯着火尻的眼睛问道。

“没有，不觉得。牛？男的女的？”

“你真的不知道是谁？”

“那当然。”

看火尻完全没有说谎的迹象，成濑不禁叹了口气。因自己的文章而自杀的人，他真的不记得了吗？当然，并没有哪条法律规定他必须记得。成濑一点都不失落，甚至可以说火尻的反应在自己的预料之中。

“我……我就先走了。”宝岛沙耶说。她似乎想赶紧逃离这片泥潭，生怕被吞噬。

“慢着。嗨！我应该先跟你自我介绍才对，都乱了。我是干这一行的。”火尻将名片递了上去，“名片应该已经给过你好几次了，不过恐怕全都被扔了吧。”

“我不需要。你们这些人……”宝岛沙耶一挥手将名片挡开，名片徐徐掉落在地，又碰巧被一阵风吹得更远了。“不就是寄生虫吗？”后半句话声音不大，但仍然清晰。

火尻立刻露出不快的神色。“等等，你说什么？”可以看出他正压抑着怒火，“哪有你这样讲话的？真把我惹急了就把你们俩的照片登杂志上去！不，这照片我登定了。真是气死我了！”

“两个人的照片？”成濑板着脸道，“什么意思？我只是个普通人，只不过在公园跟她见了一面，这都能算新闻？”

“怎么把这事写成新闻，那就看我的手腕了。”火尻用左手轻轻拍打着右手腕说道，“像她这样的大名人跟一个普通男人，而且是一个离过婚的公务员在公园约会，这种事一旦被曝光肯定会让人感兴趣。”

“离过婚又怎么了？”

“哦，还有个儿子。这个我自然也会写上。”

“你觉得这样真的好吗？”成濑认为没有必要跟这种人生气。

“二位究竟是什么关系，接下来我会慢慢查，但空穴来风这种事我最在行。而且成濑先生，你真的能算是普通人吗？”

“我看能算。”

“罪犯和宝岛沙耶的秘密约会——听到这种消息，就算不是粉丝也会两眼放光。”

“罪犯？”成濑能感觉到宝岛沙耶正隔着墨镜诧异地看着自己。

“什么证据都没有就敢写成新闻，到头来是谁吃亏还真不一定。”

“那自然……”此时的火尻终于露出獠牙，规矩和礼仪对他来说就像是早在身上裹臭了的衣服一般全被扔到一边，他已准备撕破脸皮，“是你们吃亏了。”他毫不掩饰地说道，“告诉你，因为我写的文章而大动肝火的人太多了，有人来投诉，有人打官司，还有人给杂志社打恐吓电话呢！打官司我胜过也败过，你猜结果怎么样呢？”

“怎么样？”

“我还是好好地站在你们面前，这就是我的答案。我可以自由快乐地生活，而且还在继续做着同一份工作。总之一句话，我不吃亏。

那些打赢了官司的人又怎么样？登一篇谢罪文章，他们就能释怀了？不可能！他们的遗憾就烟消云散了？不可能！最终他们只会更痛苦、更悔恨。反正不管怎么样，难过的都不是我。我早就习惯了因为一篇文章而遭人怨恨。对于将要发生的事情我早已习惯，反倒是毫无经验的你们接下来可就要受苦了。”

成濑看向火尻。他很生气，但就像火尻说的，文章伤害了一些人，但就算事后登出文章赔罪，火尻本人并不会因此受到任何损伤。

宝岛沙耶的肩头开始微微地上下起伏，那自然不是因戴着口罩导致的呼吸不畅。痛苦和愤怒让她的呼吸急促起来。

“刚才你说我是寄生虫，这种话我听得太多了，还有人说我是鬣狗。但在我看来你们说得都不对。我所做的只不过是将更柔弱的昆虫扔进蚁群中而已，接下来蚁群会把昆虫吃个干净。说到底把昆虫吃进肚子里的人是谁？鬣狗不是我，而是那些成群结队、以啃食为乐、多得数不尽的普通人。这世上的每一个人都是另外某个人身上的寄生虫。”

“我懂了。你想说你只不过是激发起了他们的本性而已。”

“完全正确。”

“你就没下过杀手吗？”

“嗯？”

“当蚁群反应迟钝不肯行动的时候，你就没有为图痛快而下过杀手？”

火尻不明白成濑的意思，他皱了皱眉头，随后立刻答道：“可能性也有。”

“什么意思？”

“与其这样苟延残喘下去，倒不如让我来给个痛快嘛。”

“听说你曾经毁了一次募捐。”成濑想起从田中口中听到的事——某个家庭为了能在国外做手术而四处求人捐款，火尻找上了他们。但这毕竟只是听来的传闻，成濑并不确定火尻是否毁了那次募捐活动，不过可以想象他绝对不怀好意。

火尻的表情似乎在说“这你居然也知道”。“我可没有毁了他们的募捐，应该说我还帮了他们一把呢。”

“怎么帮的？”

火尻夸张地耸起肩膀。“我专门为他们写了一篇报道，呼吁外界给他们捐款。我是不是个好记者？”

“你肯定不会白白替人写吧？”

火尻的表情似乎又在说“这你居然也知道”。“他家是开饭店的，我在那里可没少白吃白喝。对他们来说是应该的，我为了他们孩子能做手术写文章，就像救世主一样。”

确实，如果火尻真的愿意替他们宣传募捐筹款的事，孩子的父母自然会处处顺着他。

“那你的报道有效果吗？”

“不知道为什么，好像没什么反响。”火尻的表情明显很愉悦。

成濑问火尻究竟将文章发在了哪里，火尻说了一个杂志名，是一家专门登不雅照和娱乐八卦的杂志。在那种杂志上登文介绍一个迫切需要手术资金的家庭，自然不可能产生任何影响力。

“我确实替他们写了，我遵守了承诺。”

“那个孩子最终怎么样了？”

“他家人现在还捧着捐款箱在大街上要钱呢吧？恐怕剩下的时间也不多了。”

“你怎么能说得这样事不关己？”

“可能你还没听懂，告诉你，这对我来说本来就事不关已。”

宝岛沙耶转身就要离开，她似乎再也无法忍受了。

火尻看着成濑说了一句：“废话到此为止。”

成濑转而看向宝岛沙耶。她显然很气愤，同时又全身紧绷，似乎正警惕着一条随时会扑向自己的毒蛇。

宝岛沙耶背负的东西太多，成濑心想。一旦传出绯闻，除她自己以外，工作上的合作伙伴和经纪公司、找她代言的厂商、她的家人、亲戚和朋友都将受到牵连。恐怕曾经自豪地炫耀“宝岛沙耶是我家亲戚”的人，态度都将发生一百八十度转变，为曾说出这句话而后悔不已。就凭她是宝岛沙耶，哪怕只是被自行车撞到都可能成为一则新闻。

“成濑先生，你还记得最后期限吧？”

“最后期限？”

“还剩一周了。你可得替我办好了。”

“我替你办好？”

“事情我之前已经拜托给你了。”

成濑意识到火尻是在说替他还债一事。“还剩一周……”

“告诉你，这事不可能延期。到下周日如果还没有消息，我一定会竭尽全力写出一篇文章来。”

“做什么事都竭尽全力，这是好习惯。”

“跟我没关系吧？”宝岛沙耶神情紧张地问道。

“如果跟你没关系，你为什么会在这里？”

“是他写了恐吓信威胁我，就在不久前我的新书签售会上。我感觉要是不来后果会很严重……”

“我没打算威胁你，只是有话想告诉你。”成濑说。

火尻来回看着成濑和宝岛沙耶。“哼，你们之间的事情我不清楚，不过现在我可不会放你走。”此时的他就像一个放弃了沟通、妄图通过各种卑劣手段强迫对方顺从的求爱者。“很遗憾，宝岛小姐要是不在，我会很难过的。”

“跟我又没关系！”宝岛沙耶尖叫道。

第四章

“坏蛋们”为摆脱另一拨坏蛋而拼尽全力，但事情并不如想象中顺利

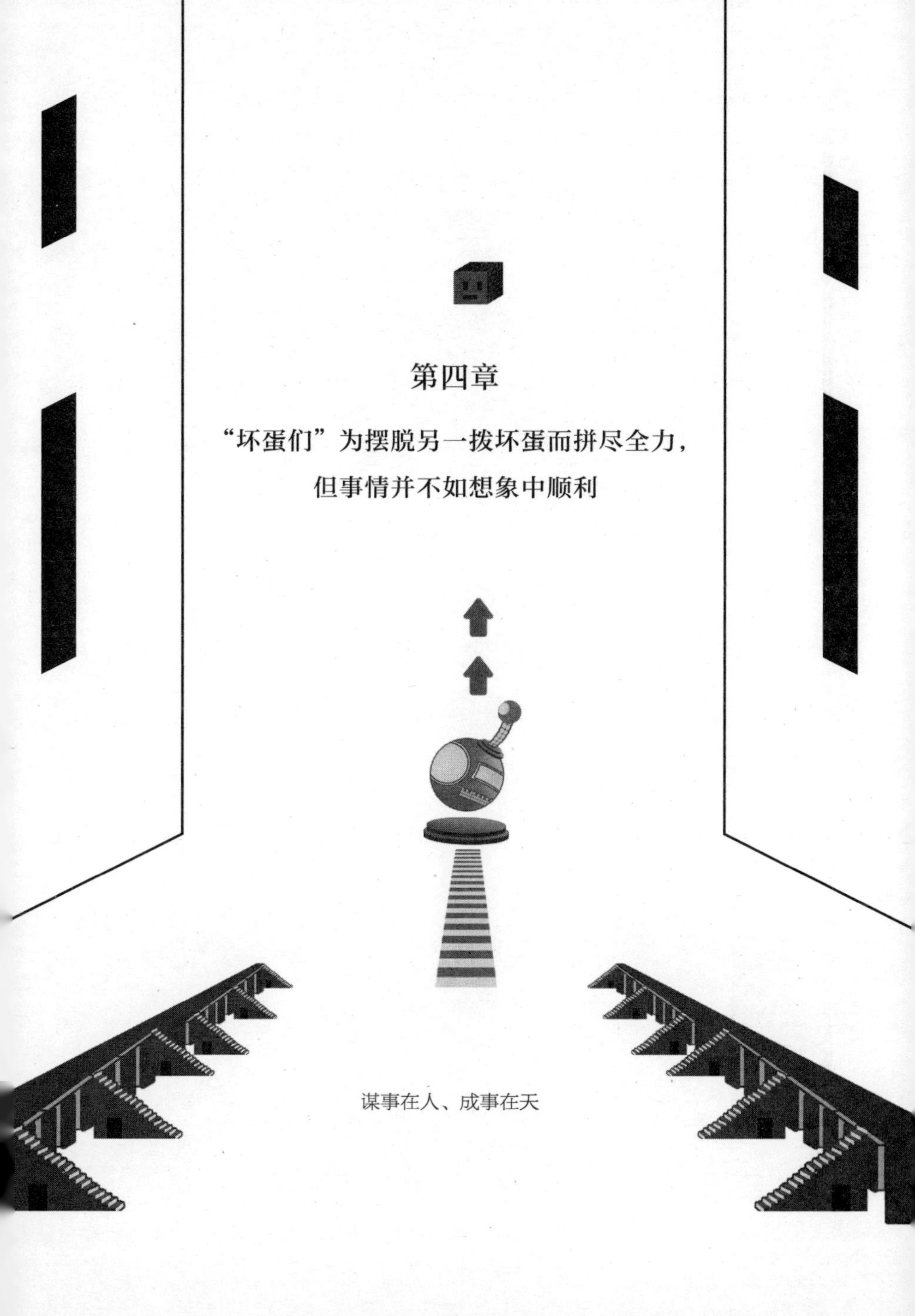

谋事在人、成事在天

响野 V

ちらし【散らし】 ①以广告和宣传为目的分发的纸质印刷物。传单、小广告。“驱虫公司的～。”②“～寿司”的简称。③“不规则花纹”的简称。④（书法创作中）“即兴书写”的简称。⑤在某篇小说中，为分散读者的注意力而准备的小把戏。

“明白。”响野说。他明知这种时候不应该太引人注目，却怎么也找不到控制自身音量的那个旋钮，结果不自觉音量就提高了。“出于住户安全考虑禁止随意散发传单完全正确，我十分理解，你刚才的话一点都没错。”

站在响野面前的是从门房走出来的公寓管理员，他四方脸，戴着眼镜，身上的西服很合身，整个人颇具威严，可能是退休后才当的管理员吧。

“为什么不可以呢？”响野身旁的女子问管理员，这种直截了当的提问方式再自然不过。

是啊，比起说个不停，简单的提问或许更容易让对方听进去。响野觉得似乎从身旁这个比自己小二十多岁的女子身上学到了人生真谛。但他控制不住自己，话还没来得及经过大脑，就先从嘴里说了出去。

“信箱旁边也写了，这里禁止发传单。”

响野二人来到公寓一楼的信箱前准备依次投入传单时，管理员走过来说道：“不行不行。”

“不管传单上是什么内容都不行？”响野盯着管理员道，“不瞒你说，我们为了发传单连命都拼上了，结果这么重要的传单你都不让我们发？”

“重要？有多重要？”

“比如说写了‘注意！本公寓出现可疑分子擅自往信箱里塞传单’的传单。”

“你的意思是，你发传单是为了让人们警惕有人发传单？”

“我就是打个比方。”

“你们到底发的是什么传单？”管理员从响野抱着的一沓传单里抽出一张，“嗯……害虫？蜘蛛？”

“是红背蜘蛛。最近这几年总上新闻，你没看过吗？这种蜘蛛是外来品种，带有神经毒素，被它咬了之后毒素就会进入人体。对了，这栋公寓配了抗毒血清没有？”

“抗毒血清？”

“专门给中了毒的人注射用的。”

“怎么可能有那种东西……”

响野夸张地摇起了头。“不会吧？真的没准备？真是没想到啊。这样毫无打算和防备，简直就是自欺欺人以为敌人都不存在嘛。我真是服了。那么我就要问了，假如这栋公寓出现了红背蜘蛛，你身为管理员打算怎么办？”

管理员很冷静，他看着说个没完且试图煽动情绪的响野，虽然有些疑惑，但并未说出“以防万一，你们可以先把传单塞进信箱”这种话。“不过……”他皱皱眉，“不过，红背蜘蛛是怎么跑进这里来的呢？坐电梯吗？”

这句话正戳中响野的痛处，他试图克制情绪不表露出来，但从表情上仍可以看出这个问题让他很为难。

“最近常有的情况是……”响野身旁的女子插话道，“蜘蛛藏在快递包裹的底部，随快递被搬进房间里。”

这话必然是她临时想出来的，但听上去很可信，令响野很佩服。女子曾与牛山一起在色情场所工作，为找火尻报仇才去酒店大堂咖啡厅当起了服务员。这次响野一行人找她来帮忙，但并不确定她对这次行动理解到了什么程度、能不能提供帮助、会不会拖后腿……不过就目前来看她可谓聪明伶俐，比预想中可靠得多。

“不过发传单……还是不可以。”

墨守成规的人最难缠了，面对再“有道理”的语言攻势，他们都会用“规则”还击。

“可不能小看那些蜘蛛。你知道瞄准镜吧？”

“你说武器上的？”

“冲锋枪瞄准镜里的十字线，你知道那玩意以前都是用蜘蛛丝做的吗？因为蜘蛛丝的形态几乎不受气温的影响，稳定度很高。”

“那又怎么样？”

“那就说明蜘蛛就是武器。”

响野说得斩钉截铁，但管理员当然不会因此而让步。“为什么你会为这种事来发传单呢？这倒是很让人怀疑。”他的话简直一针见血。

“要不这样吧。”开口的还是响野身旁的女子，“这样如何？我们把传单交给管理员你。你可以将它张贴起来作为告示，如果这样也违反规定，就麻烦你写一则通知贴出去，让住户们‘一旦发现蜘蛛立刻联系管理员’。这样总可以吧？如果真有住户发现了，你就给我们打电话，我们马上赶过来。”

“哦，这个嘛……”

“这样好啊。我们嘛，说白了也是为住户的安全着想，同时降低大家对蜘蛛的恐惧。发传单本身并不是我们的目的。”

“刚才你不是还说为了发传单你连命都拼上了吗？”

“这我可得跟你说清楚。”响野将脸凑近管理员，“生命非儿戏，不能胡乱拼。”

“你刚才明明——”

响野不再给管理员把话说完的机会。“总之，”他伸出手，开口道，“总之，我们担心的只是蜘蛛问题而已。”他将传单递给管理员，同时举起右手，摆出好似证人宣誓时的姿势。“为了蜘蛛的未来。”

管理员也被洗脑似的表情严肃地举起右手：“为了蜘蛛的未来。”

二人走出公寓楼回到车上，车是特意为此行租来的。响野坐到副驾驶座上，说了一句：“干得不错。”

女子微微一笑。“我的任务是不是完成了？”

“应该是吧。”具体细节得问成濑才知道。“把你卷进来真是不好意思。”

“这句话应该我说才对。是我们把你们卷进来了吧？”

“这得看你怎么想了。”响野说。

“真能从那里弄到钱吗？”她手握方向盘，朝前方努了努下巴示意道。挡风玻璃前面就是刚才的公寓楼。

“应该是吧。”这也得问成濑才知道。

"然后就能解决那个记者？"她问完又补充，"我不太聪明，所以什么都不懂。"不过从发传单时跟管理员的交锋来看，响野知道其实她脑袋很灵光。

"为了让火尻闭嘴，得先想办法解决他欠赌场的钱。"成濑是这样对响野说的。

"还要专门替他解决问题？"久远十分不乐意地抱怨道。

"我们不替火尻解决，他就会被逼上绝路，那时他恐怕会拼命写报道，到时候宝岛沙耶就会受到影响。"

"我们的事情他肯定也会写。"雪子叹息道。

火尻必然会发挥在不公开个人信息的情况下栽赃陷害的本领，写出疑似银行劫匪的四人组的事情。雪子和儿子慎一很有可能因前夫地道而遭受周围的冷眼。

"真到了那一步，也必须得考虑我的咖啡店的生死存亡了。成濑，你要是暴露了劫匪身份……"

"公务员不允许搞副业，我没逐一核对法律条文，不过恐怕没有哪一条允许把抢银行当副业去干。"

"火尻的问题我们究竟怎么去解决？"

"久远已经在着手前期准备工作，接下来该你出场了。"

"肯定是非我不可的大事吧？"

"去发传单。"

最终响野完成了这件"大事"。此时身旁的女子开口道："我们都希望尽量不给那个人找麻烦。"响野刚想开口问是不是指自己，随即意识到并不是。"因为她是一名艺人嘛。如果公众知道了，可能会让她失去很多东西。"

“听说她很配合。”据成濑和雪子说，她表示只要是牛山沙织的事就在所不辞。

“是的。我们计划行动时她就很投入，我看了都觉得自己得好好加油。”

“为了一个杀人计划而加油，这种说法恐怕并不合适吧？”

“是啊。”女子笑靥如花，一点也不会令人反感，反而很可爱，“不过，她百分之百是认真的。”

“你指要杀火尻的事？”

“你就别一次又一次地说出口啦。”女子又笑了，“她只想替牛山姐讨个公道。当然了，关于这一点我们的想法一致。明明是牛山姐不幸碰上杀人犯，什么坏事都没干，居然还被写得那么过分。原本挺善良的一个人就因为那篇文章消沉了，最后走上绝路，你不觉得太说不过去了吗？如果真有裁判，那绝对是误判。”

“裁判？”

“我是说如果生活也有裁判的话。太不公平了，那种记者就该直接罚他出局。”

“是啊是啊。”响野点头应和，心中在想：我们这帮人是不是也该出局呢？能走到现在或许也多亏裁判一直误判吧。

“对了，你们是怎么跟她联系上的？”女子嘴里的“她”指的是宝岛沙耶，这一点响野当然知道。“自从她出走后，经纪公司好像就开始监控她的电子邮件了。你说那算不算违反了宪法？不得擅自看别人的电子邮件内容之类的……”

“宪法里面可能没有写，不过她本人似乎对用电子邮件联络十分谨慎。一开始我朋友也是通过纸质信件收到她发来的消息的。”

成濑在签售会上交给宝岛沙耶的信里大致写了“我们知道你的计划”和“我们也受到火尻的刁难，跟你是同一立场”两点，并告诉她“如果可以，希望能取得联系”，最后留下了电子邮箱地址和一个私人邮递地址。成濑不确定宝岛沙耶是否会主动联系，他估计“可能性有五成以上”。他解释说：“因为我在签售会上提到了牛山沙织，或许不会让她觉得是恶作剧。”

最终成濑收到了宝岛沙耶的来信。她在信中解释说电子邮件可能受到经纪公司的监控，表示“想跟你们详细谈一谈”，并指定了一个相对安全的会面场所。

“哦，原来是这么回事。”驾驶座上的女子边发动引擎边说，“跟我们当时一样。你们的团队里也有女性吧？”

“嗯，是的。”

“你们团队的成员都是做什么的？”

响野等人自我介绍时只说过他们是火尻的对头。女子可能也不觉得他们这帮人有正经工作，但绝对想不到会是银行劫匪。

“我们嘛……”响野只得想到什么说什么，“是红背蜘蛛同好会。”

“我猜也是。”

雪子 V

つめ【爪】 ①人类或比爬行类高级的脊椎动物趾端背面的甲状角质结构。有人类的扁平指甲、猫狗的钩状爪子、牛马的蹄部等。“剪～。”“拿～掏。”②弹琴时套在指尖的爪状道具。琴爪。③挂在物品上进行吊装搬运的工具。吊钩类。④指人吝啬又贪得无厌。

つめのあか【爪の垢】“～可以拿来熬着喝[①]。”

“为了替那个记者还债，你们甚至得铤而走险，我听了都气不打一处来。”雪子面前的宝岛沙耶怒气冲冲地说道。

“没关系，铤而走险这种事我们早都习惯了。”

“所以说你们其实十分谨慎？”

“有时候谨慎，有时候也不是。”

宝岛沙耶将手伸到雪子面前，露出微笑。她的微笑十分自然而平静，并不是那种让人一看就觉得“不愧是明星，连气场都不一样”的笑容。“对了，各位都是做哪一行的？上次在山下公园，那个记者

①日语谚语“爪の垢を煎じて飲む”，直译为将指甲泥熬着喝，意指向优秀的人学习，可以跟着变优秀。

说你们是劫匪什么的。”

“劫匪？”雪子小声惊呼，同时以手掩面，“我们才没那么吓人呢，也不做那种欺负人的事。你一定要相信我们是火尻的敌人，是站在你这一边的。”

“知道，我相信你们。”

“不过真没想到那天火尻居然真的跟去了山下公园。”

前几天雪子也是在这里和宝岛沙耶见的面。宝岛沙耶将见面地点写在了寄给成濑的回信上，并表示希望避免用电子邮件交流。因为工作性质特殊，又很难直接见面，这里成了唯一可以私下交流的场所。

不过就连成濑也没想到她指定的见面地点居然是一家美甲店。

只要有休息时间，宝岛沙耶就会来这家美甲店。这里的店主跟她很熟，是亲密无间的好朋友，会尽量满足她的要求。每当宝岛沙耶想不受干扰地跟什么人交谈时，店主都会将店里的包间专门腾出来供她使用。

那天也一样，宝岛沙耶作为客人坐进包间，雪子则假装是店里的员工面对面为其服务。清理和装饰指甲时店员和客人之间自然免不了近距离接触，并且不会有其他人接近。

这样的环境最适合密谈。

那时候雪子在这家美甲店同宝岛沙耶见面，将成濑事先嘱咐的内容转告给她。宝岛沙耶表示接下来想在山下公园和成濑见面详谈，但自己有可能被跟踪，所以要求两人见面后谈话不要直奔主题，先观察一下情况，而她自己也会装作对牛山沙织的事并不感兴趣。因为如果火尻真的在跟踪，他们之间的谈话很可能在不知情的情况下被偷听。

“我没想到火尻真的在偷听。”宝岛沙耶说。

当时的情况连成濑都没想到。“幸亏长椅附近的小孩在回答我的问题时说了谎，我立刻给宝岛沙耶使眼色，告诉她火尻可能在附近。果然没多久火尻就现身了，不过没想到他居然那么大言不惭地威胁起我们来，本性瞬间暴露无遗。要我说他应该稍微再矜持一些才好。”成濑感叹道。

最终成濑也没能跟宝岛沙耶说上几句话，只得再次以这样的方式让雪子在美甲店和她碰头。

“你们究竟打算怎么办呢？那个记者欠的债恐怕不是小数目，想还上恐怕……”

“唉，应该也不是完全没可能。”

“是吗？”

“我们已经开始着手解决这件事了，还请了你的伙伴们帮忙。”

“我的伙伴们？”

“打算在酒店里杀掉那个记者的伙伴们，还有以牛山女士的恋人为首的人们。”

“他们都是好人。”

“所以我们才去寻求他们的帮助。”

成濑、响野和久远都见过赌场里的人，如果三人在公寓楼出现可能会引起不必要的麻烦，考虑到今后的作战计划，有必要吸纳一些其他成员。

“如果我也能帮上忙就好了。”

“不，你出面的话太引人注目。”雪子立刻说道，“而且你还有自己的事业。”

“事业什么的根本无所谓。”宝岛沙耶漫不经心地说道，看上去毫不踌躇，态度坚定，“只有我一个人帮不上忙反而让我受不了。”她那跃跃欲试的样子就好像一名球员不顾伤病开始练习投球，以求教练能尽快让自己上场。

雪子连忙安抚道：“好了，你也不用着急，需要帮忙的时候自然有你出场的机会。”

“我真的无法接受。”

“你说火尻的事？”

“那天晚上沙织姐遇袭，退一百步、一万步说，顶多只能算是不走运。那个人写出那么过分的文章，居然还逍遥自在……”

“或许他每天都在家雕刻佛像反省和后悔呢。”

“有可能吗？”

“至少是众多可能性中的一种。”

“他在山下公园的时候说过，有一家人必须去国外做手术。”

“嗯？”

“那家人需要钱，在四处筹钱，于是他利用这一点从那家人那里骗了不少好处。我看他恐怕没那闲工夫去雕刻佛像。”

“确实。”

“沙织姐真的是一个温柔又善良的人，不拒绝与人交往，也不看低别人。”

“待人还亲切。”

“你怎么知道？哦，是我的那本书吧。”

“总之，我们首先得设法在下星期前把火尻那笔账处理掉。”

“非得那样做不行吗？”宝岛沙耶丝毫不掩饰内心的不情愿。

“否则他必然会在报道里把我们往不堪里写，那种事他做得出来。”

“我才不在乎呢。”

“唉，但闹到最后那男人终究还是一副得意扬扬的嘴脸，你看着就不生气吗？我可受不了。所以现在还是先退一步，能忍则忍，设法满足他的要求。”

“他欠的债有办法还上吗？”

“我们会全力以赴的。”

久远前几天去公寓楼里的赌场，发现一间设有指纹锁的房间。“我猜那个房间里应该有钱吧，或者是客户资料。”他说。

于是成濑想出一个计划，众人则一同制定了行动细节。

“我们打算先从赌场偷出重要的东西，再将其作为筹码跟他们交涉。”雪子解释道。

“怎么偷呢？能成功吗？”

能不能成功，雪子也不知道。

宝岛沙耶的手机响了，可能是经纪人打来的。“我该走了。”她站起身，指甲上是完全不懂美甲的雪子涂上的颜色。“这个就谢谢你啦。”

这让雪子很不好意思。“下次我会再涂得漂亮些。”她说。

成濑 Ⅷ

まち—あわせ【待ち合わせ・待ち合せ】 ①会合。“～地点我搞错了。”②等候。“再～三分钟去往东京的车就发车了。”在对方不知情的情况下等候则被称为“埋伏”。

接近正午时，火尻打来了电话。

“今天就是最后期限了，办得怎么样了？”他就像是身处安全地带勒令手下尽快办事的老板，言语里尽显安逸，并不管手下的死活。“你们要是毁约，我到时候一定按时发稿。”

“正好，今天应该能解决。”成濑回答。他开始有些后悔将电话号码告诉火尻了。

“解决什么？”

“你的债务问题。”

“你还非得拖到火烧眉毛。打算怎么替我还债？”火尻的话里有出题者特有的从容，对他来说自己永远不会是回答问题的那一方。

“具体计划我还不想告诉你。”其实也没有隐瞒的必要。“我们打算进那栋公寓楼。”

“你是说去那帮家伙的地盘？事到如今你还想靠赌博把钱赢回来？”

“不，我们不是去玩牌，不去赌场。我们打算偷偷溜进去。”

“然后抢钱？”火尻的声音有些走调，“想闯进那里可没那么容易，要不要我再替你们引荐一下？”

“我正在想办法。”

“哦？那么你是打算从他们的金库里把钱偷出来送给我喽？”

“不是，那样太不明智了。就算你用那笔钱还了欠款，一旦被他们怀疑起钱的来路也就完了。”

“确实。那你打算怎么办？”

“既然是赌场，肯定需要管理客户的信息资料，我们要把那些偷过来。”

“偷过来又能怎么样？”

成濑不想回答，但恐怕那只会引来更糟糕的反应。“一方面，你的欠款记录就没有了。谁输了多少、借了多少钱的相关记录会消失得无影无踪。”

“可就算没了证据，那帮人还是会照样找我追债，不是吗？而且就算我因此不用还债，恐怕也会被怀疑是背后捣鬼的人吧？”

“没错。”自己居然在给火尻出谋划策，这让成濑难以接受，但也没办法。“他的客户里应该有政界的人。”成濑在公寓楼玩牌时，大桑曾经说过，自己的主张不被接受就大发雷霆的是三流政客，他指的应该是认识的人，估计有几个政客常去赌场玩。“政客在赌场里的个人隐私如果泄露了，恐怕很棘手吧？”

“那是当然。”

“那样一来可能会找大桑他们麻烦。”

“你是说……逼政客出面揭发大桑？”

“差不多吧。政客直接出面以正常途径揭发恐怕很难，不过借助背后的势力应该不难办到。”

“背后的势力？你是不是太高估政客了？”

“政客肯定也分很多种。为击退强敌而借助其他更强的力量也是他们的手段之一。”

“是嘛。”火尻稍稍沉默了一会儿，似乎是在思考，接着又说，“先看看那些客户资料再说吧。你真能弄到手？”

“弄不到手我们不是也没好日子过吗？”这是成濑的真心话。

火尻似乎十分爱听这种话。“那篇打算发的文章我已经写好了。”他炫耀似的说道，“我劝你们小心点，一旦登在杂志上，不管是宝岛沙耶还是你们，都别想在现在的地方继续生活下去。”

“一篇新闻报道而已，有那么可怕吗？”成濑快笑出声来了，他想反问火尻，一篇报道真能把人逼得背井离乡不成？但他没有说出口，或许火尻有把握，并不是在虚张声势。光成濑就知道有三个人因火尻的文章平白无故失去了生命，被逼无奈不得不搬家的恐怕就更多了吧。

“以我的经验来看，”火尻说道，“宝岛沙耶接到的工作将越来越少，最终只有一条路可走——退出演艺圈。而成濑先生你嘛，毫无疑问肯定在现在的工作单位是混不下去了，顺利的话可能还会影响到令郎的工作。”

“顺利的话……”成濑茫然地重复着火尻的话。

“我应该告诉过你，媒体最喜欢的不是政治，而是那些毫无价值的绯闻和丑闻，因为报道那些不但没有被追究责任的风险，还能吸引读者。”

“火尻先生你的实力我当然一清二楚。”成濑敷衍地说道。

“下午一点。”火尻指定了时间和见面地点，“那家店的地址你知道吧？”

“我查一下就知道了。”说完成濑挂断电话。

“怎么样？”面前的响野立刻问道，“有什么好消息吗？”

“不好也不坏，只能算一般吧。”成濑答道，“反正我们只能按预定计划行动。”

“久远没问题吗？”

“什么意思？”

“哎呀，他之前不是已经去过那里了吗？或许被记住了呢？”

“可是那赌场你我也都去过，如果用排除法的话就只剩下雪子了。”

“我可受不了虫子。”雪子拒绝了。考虑到对昆虫相关知识的掌握程度，还是久远去更合适，这是事实。

“乔装打扮就不必了，戴上口罩糊弄一下就可以，正好我从田中那里买了一副。”

“他还真是什么都卖。”响野苦笑道。

“据说声音经口罩阻隔后会发生改变，算是一个简易的变声装置，我就让久远用上了。另外还有一个人跟他一起，就是上次和你一起去发传单的那个。”

“哦，她啊。她挺可靠的，做事稳当，脑子转得也快。”

“她今天也会来帮忙，陪久远一起去。”

“依我看，如果需要的话也可以让她加入我们。”响野喝了一口自己做的咖啡，“她一定比久远能干多了。”

“我敢跟你打赌，”成濑说道，“久远回来后肯定要跟你说同样的话。”

“难道会说出‘请让她代替我成为大家的伙伴吧’那种妙语？”

"句中的'我'字恐怕得换成别人的名字。"

"哦，这样啊。成濑，就算他真那样说了，你也一定不要难过。"响野一脸严肃地说，"你说，这事真能像你说的那样就这么解决了？"他撇了撇嘴，"光靠从赌场里偷出来的……"

"只有祈求能顺利解决了。希望这平淡的日子明天还能照旧。"

"平淡的日子……"

"嗯，对一个人来说，没有比继续平淡地生活更重要的事了。"

"成濑啊，你总是这样冷静，我可得提醒你，不是所有事都能按计划进行的。得小心再小心，想好保险措施。"

"最后的保险也就是那个了。"

"哪个？"

"被留作纪念挂在赌场里的那个。"

"足球彩票！"响野回忆起前些日子在赌场里大桑说过的话，忽然很想打个响指。

"久远会把那玩意也一起拿回来，应该不会太费事，毕竟被裱起来摆在外头呢。"

"你打算拿彩票换钱？"

"我还没想好怎么用，最坏的情况就是靠那笔钱替我们消灾。"

"最后的手段竟然是体育彩票……"

"没错。"

"那可得让他小心翼翼地拿回来。"

之后成濑一直坐在响野的咖啡店里看书，内容是关于地方自治团体的发展规划。响野每隔二十分钟就跑去问成濑一次"是不是打算参选市长"。

久远按原定计划在十一点之前打来了电话。"我马上进公寓楼。"

说完就挂断了电话。

“差不多了。”成濑说着站起身。

“我说成濑，我不跟着一起真的可以吗？”响野问道。

“你在店里等着就好。”

“祥子怎么一到这种紧要关头就要出门！她一回来我就赶过去。我一定会去的，在那之前你们先忍耐一下。”

“不用勉强过来，没有必要着急。”

“现在哪是说这种话的时候？我会尽快跟你们会合。”

“求你了，”成濑道，“真不用勉强自己。”

久远 VI

じゅーよう【需要】 ①为达成某个目标所需的人或事物。“满足人们的～。”在实际没有需要的情况下只能创造需要。②需求。家庭、企业等经济主体在市场中的购买欲求，一定程度上反映了购买力。反义词为“供给”。

久远进入公寓楼，只见管理员从门房走了出来。“感谢你打来电话。”他低头行礼道。

“上次也谢谢帮忙。”久远身旁的女子按照事先商量好的台词附和道，“看来你替我们把传单贴出去了。”

“哦，是上次来发小广告的啊。”方脸的管理员表现出老熟人相见般的喜悦，“我按照你们说的把东西贴到宣传栏，没想到居然还真有蜘蛛。”

“真是太好了。”她爽朗地回应道。

“这样的情况挺多的，我们发完传单后很多地方都发现了蜘蛛。”

久远刚说完，管理员就立刻说道：“该不会是你们在发传单时故意放的吧？”

被发现了？久远差点说漏嘴，不过再看管理员，他应该只是打算随口开个玩笑而已。

其实上一次久远来公寓楼里的赌场时的确撒下了种子——准确来说是蜘蛛的卵囊。

“卵囊是什么东西？跟卵不是一回事吗？”身着工作服的女子在电梯前小声问久远。

“就是一个里面装了好多卵的小袋子，蜘蛛要在里面发育到二龄幼虫。哦，对了，二龄指的是蜕了皮……”

“行了，昆虫的话题我不是太喜欢。总之就是你已经把它们放在赌场里了。”

“对了，你知道蜘蛛的飞航吗？蜘蛛也有很多种类型，其中有一些小蜘蛛从卵囊里出来后，会过一段时间的集体生活。”

“还生活呢，说得跟人似的。”

“动物和昆虫也有自己的生活。”

这时电梯到了，门应声而开。久远套上头盔，随后又戴上口罩。

“一、一、一二三四五六七。怎么样？”久远念叨着，像是在做发音训练。

“声音的变化真大啊，好厉害！市面上能买到这种口罩吗？”

“我看还是能不说话最好。”如果被发现自己之前来过就不好了。

二人走进电梯，按下二十五楼的按钮。

“小蜘蛛们过完集体生活后，就要开始独立了。它们会爬上树叶，屁股朝上喷出丝来。那姿势也不能完全算倒立，不过感觉差不多。等蛛丝可以随着风势上升的时候它们就松手，然后就可以飞啦，这就叫飞航。一切都交给风，随心所欲地独自旅行，来一场不安和自由交织而成的冒险。”

“蜘蛛的那个可以叫手吗？不应该是腿或脚吗？”

“都可以。”久远笑了。

“我能提个问题吗？”

“请。”虽然早就听响野说过，但女子的聪明伶俐还是让久远感慨不已，彼此交流时不需要多费口舌，这让人感觉很轻松。等解决了这桩麻烦事，让她代替响野加入团队或许也不错——久远竟开始认真考虑起这个问题来。

电梯开始上升，久远觉得周围的空气似乎都蒸发了。

“你是怎么把蜘蛛投放进去的？”

“也谈不上什么投放，没那么神秘，其实我上次来这里时把一个卵囊放在了厕所一角。当然我事先计算好了幼虫孵化的时机。”

“就那么简单吗？”

“还得靠那些正长身体的小蜘蛛们努力。”

“你说那是毒蜘蛛，应该也没那么危险吧？”

“要说危险也还挺危险的，日本以前并没有剧毒蜘蛛，而且那是神经毒素，对一部分人来说甚至有生命危险。”

“那不会出事吗？”她抬头看着电梯上显示的楼层数字，“不会已经有人被毒死了吧？”

“那倒不会。”就算是经营非法赌场的人也罪不致被毒死。“我放出去的并不是红背蜘蛛，而是形状相似的……”

“冒充的？”

“被人说成是冒充的，估计那些蜘蛛也挺委屈。”久远耸了耸肩道。

“不好意思。”女子立刻道歉。

“蜘蛛很宽容的，你用不着道歉。我放的品种叫作三角肥腹蛛，背上并不红，不过外形很像。”

“不红不就暴露了？”

“上次请你帮忙发的传单，上边印的就是三角肥腹蛛的照片，我还加注说明那就是雄性红背蜘蛛。他们应该就是看了照片才相信的吧。”

久远将卵囊放在卫生间里摆放卫生纸的架子深处，所以卵囊应该没有很快被发现。等被发现时，那些小蜘蛛肯定早已经四散到各处了。一开始工作人员可能只是觉得房间里钻进了一只蜘蛛，可当他们意识到蜘蛛并非一只而是一大群时肯定就沉不住气了。他们给管理员打电话，管理员则让他们去看刚贴上去没多久的驱虫传单。不知道管理员接到电话时有没有高呼“打得正是时候”。或许工作人员看到传单上的照片时，心情就像抓到了通缉犯般满心欢喜，高呼：“就是这种蜘蛛！”

然后久远等人就被叫来了。

电梯门一打开，负责在赌场外看门的男子就走上前来。

久远他们身着工作服，戴着口罩，手持相关工具。男子似乎没有起疑心，但还是例行公事般搜了身。“简直是全副武装。”男子指着久远的头盔说。

“有些虫子会专门攻击头部。”久远敲了敲头盔答道。

“我们要在房间里喷杀虫剂。”久远身旁的女子说出事先准备好的台词，“可以请各位暂时到外面等候吗？”

“你们事先在电话里说过，所以房间里的人早都走了。”男子面无表情地回答道。

“那就好。”女子煞有介事地点头说道，“大家都在哪里等候？”

“有必要告诉你们吗？”男子犀利的反问让女子顿时哑口无言。

“一旦发生意外情况，我们可能得找负责人征求意见，这也是以防万一。”久远连忙插嘴，算是替女子解了围。

“哦，是这样啊。对面有一家体育酒吧，人都在那里。”

体育酒吧白天就开始营业了吗？久远心有疑问，转念一想或许酒吧本就是这帮人开的。据成濑说，他们除了拥有这家赌场外还有其他很多生意。

“那么房间里现在一个人都没有？”久远掩饰住心中的期待问道。如果真的没有人，偷起东西来就再轻松不过了。如果真是这样就好了——久远差点说出口。

“留有一个人。把人全撤走是不可能的，我们并不是不相信你们。”

“哦。”久远刚说完就被带着朝房间走去。

留下来的最好别是上次给我带路的那个人，久远心想。因为那个人似乎对昆虫很了解，有可能真的会仔细确认究竟是不是毒蜘蛛。

门开了，赌场的工作人员迎了上来。“请进，麻烦你们了。”他礼貌而谦卑地说道。

上次真是多谢你了——久远差点脱口而出这句话。

真是越怕什么越来什么，唯一留下来的人恰恰是上次和久远畅聊昆虫的男子，不过他似乎没认出久远。

久远出示了伪造的工作证，随后迈步进入房间。

“全副武装。”他也像刚才那名男子一样指了指久远的头盔。

“有时候天花板上也会掉下虫子来。”

“这里发现了蜘蛛？”久远身旁的女子问道。她一心只想扮演好自己的角色，心无旁骛。

“是的。”男子看上去并不为此烦恼。

久远二人朝里边走去。“真宽敞。”

“你们打算怎么处理，从哪里开始？”

“我们要喷杀虫剂，可以请你先出去等一会儿吗？”

“不行。”男子摆了摆手立刻回答，并无任何怒意，“我如果不在场监督会挨骂的。”

“也是。”女子附和道。

久远在几个房间来回穿梭，假装在前期勘察。男子见状指着走廊角落道：“最开始在那里发现了一只。”

久远顺着男子指的方向望去，现在那里空空如也。他又抬头往上看，这才在走廊的天花板上找到了目标。“哎呀，那里有一个窝。”

那是一个由白色蛛丝编织而成的蛛巢，看上去刚完工不久。男子对此好像没有什么兴趣。

久远顺着走廊往里，在厕所里查找起来。他很谨慎，怕一上来就直奔目标会引起怀疑，于是首先在马桶附近装模作样地找了一阵，之后才直起腰看了看置物架。卵囊的残骸会不会还在呢？他仔细找了找但没有发现。此时若执意跟男子确认“这里是不是有过蜘蛛卵”，男子也许会回想起“前些日子有个对昆虫了如指掌的人曾用过厕所”这回事，反而为其提供了联想到久远的线索。他决定还是不要节外生枝了。

“啊，在这里！”走廊传来喊声。

久远走出厕所，发现男子正指着地板。的确，那里有一只三角肥腹蛛。女子朝久远投来求助的目光，她可能害怕昆虫，虽然眼下打扮成了驱虫人员，但明显是一副避之不及的模样。

“哦，不好意思。”男子上前道，“我看这好像并不是红背蜘蛛。”

到底还是被发现了。久远心中烦躁，立刻上前拿出一罐喷雾喷了起来，仿佛要将对方的疑虑全喷掉一般。这突如其来的举动令男子往后一仰，不满地瞪着久远。

“哟，好像喷不死。”久远道，“这下恐怕情况不妙。”

“不妙？”男子追问道。

久远十分焦急，生怕视线交会会让男子认出自己，但此时如果躲闪恐怕更令人生疑。他弯腰将脸凑近蜘蛛，掏出一瓶小型喷雾剂对准喷了一下，蜘蛛很快逃开了。久远见状回头与同行女子交换眼神，煞有介事地点了点头。

“有什么问题？”男子略带不安地问道。

他这样的反应正中久远下怀。“这可能是带有抗性的品种。”久远说。

“抗性？那么……”

“非常棘手。不好意思，能否请你离远一些？我们要换一种喷剂。”女子随即取出一副医疗专用口罩递过去让男子戴好，示意他退到后边。

“哎，那蜘蛛可能并不是红背蜘蛛……”

“对不起，请让开，我们要做强力消毒了。”久远不容分说便继续行动起来。

“这人哪，如果你在他面前理直气壮地做事，他就不好开口制止你了。”响野曾经这样说过，“而且如果是身着制服的专业人员，那人们就更愿意听话。假设一名美国国家航空航天局的人身着防护服下令撤离，人们肯定会乖乖走开。再比如若有空乘人员忽然大喊‘各位旅客请注意’，肯定会马上受到关注。”

“你举的例子不大恰当吧。”当时久远还想跟响野争论，不过实践表明身着驱虫工作服的自己这一句“请让开”确实有效。男子闻声直往后退。

久远取出一个小型装置放好，按下按钮，装置四周立刻升起了烟雾。这些烟雾当然没有杀虫效果，对久远二人和蜘蛛都毫无害处，不过借助着它的掩护，久远才得以往走廊深处前进，来到装有指纹锁的那扇门前。他从口袋里掏出一块塑料薄片贴在指纹认证装置上。上次离开赌场前他坦白偷拍了乌龟并让大桑检查手机删除照片，其实就是为了采集大桑的指纹。后来他拿着留有大桑指纹的手机请田中制作了指纹模型，通过认证顺利进入。

锁开了，久远进入房间。同行女子也跟着进来后，他立刻关上门以防烟雾钻进来。留给他们的时间并不多。

房间里有电脑、监控屏幕和保险箱。

久远找出监控录像设备，看到上面的USB接口后才松了一口气，将随身携带的存储装置插了上去。装置里的程序此时应该会自动运行，将监控录像设备里的视频文件全部删除。成濑曾咨询过田中，得到的指示是“如果没有USB接口，那就只能人为破坏硬盘”。今天这一步可以省了，动手毁坏硬盘也需要时间，能跳过自然最好。

久远走近墙壁，拿起该拿的东西装进包里，一转身发现同行的女子正面对着比她整个人还大的保险箱。

“别乱动！”久远大声喊道。

“哎？”

“钱不是我们这次行动的目的。”

“可是……”

“我明白你的意思，好不容易来一趟自然想多拿，但我们该做的就是听从指挥。”久远说得很坚决，女子愣了半天才点了点头。“把这个插上去。”他掏出一枚USB闪存盘交给女子，让她插到旁边的某台设备上。

女子按照指示插好后不经意地问道："这又是什么？"

"用来删除客户资料的，这样就算帮了火尻。"久远回答完后又说了一句"走吧"，随即朝门口走去。

"嗯？这个不用带回去吗？"

删除资料需要一段时间，他们等不了。

最主要的目标是监控录像的文件，他们需要将成濑和响野等人来时的部分全部删除。

二人再次回到走廊，烟雾已经淡了些，但仍残留不少，可以掩护他们行动。

"怎么样？"忽然出现在烟雾尽头的男子问道。

久远强装镇静道："慎重起见，其他房间我们也要喷一下。"说着便走进被当作赌场使用的房间。

女子从腰包里掏出几块黑色的布说道："如果有不希望被喷到杀虫剂的地方，请用它盖上，这是特制的防护罩。"这样说显得更专业。

男子用黑色的布将养乌龟的水池和另外几处地方盖上，而那些布只不过是洗车时用来擦拭车子的普通毛巾。

"接下来请离开房间。"女子继续指挥男子。

装模作样地喷了一阵之后，他们收回"防护罩"，朝门口走去。

最后久远对男子说道："暂时先观察一段时间，蜘蛛应该不会再出现了。"说着递给男子一张写有售后服务条款的单子。

久远二人离开房间朝电梯方向走去，负责看门兼搜身的人又像来时一样，上前检查了一番他们的工具和工作服的口袋。

来到电梯前，完成任务的轻松感令久远不禁长舒一口气。就在这时，身后忽然传来皮鞋撞击地面的声响，久远连忙挺直腰身，边纳闷出了什么状况边迅速转身，只见本该留在房间里的男子站在前方。

“怎么了？”声音中的狼狈马上要爬到脸上，久远拼命地试图稳定情绪。难道暴露了？他感觉心口阵阵发凉。

“烟还没散，是不是再戴一会儿口罩比较好？”

“差不多可以拿掉了。”女子答道。

雪子 VI

うしおいうしにおわれる【牛追い牛に追われる】 主次颠倒。本末倒置。原本想设计陷害别人却害了自己。

雪子从倒车镜里看到久远同女子从公寓楼里走了出来，随即转动钥匙发动了车子。这辆面包车是为了今天的行动特意租来的。车身上印着除虫公司的广告。

车子好似动物一般开始呼吸。每当这种时候，雪子就感觉自己即将驾驭一匹暴烈的野马。

久远二人拉开车门上了车，随手将除虫用具扔了一地。

“辛苦了。”雪子说道。

久远摘下口罩开心地回应道：“该干的我们都干完啦。”

女子也将工作服脱下，换上自己之前带来的衣服。

“时间怎么样？跟计划一样吗？”久远问道。

“基本差不多。”雪子回答，“接下来按计划去那家店，差不多刚好下午一点。你们准备好可以出发了就告诉我一声。”

“已经可以啦，出发吧。”久远说。

“还不可以吧。”雪子从后视镜里看到久远摘下头盔，忍不住说道，“接下来车可能开得很急，等你们整理完再说。照顾好身旁的女孩子。”

“哦，知道啦。”久远漫不经心地回答，就像敷衍老师的小学生。

直到车窗玻璃被敲响，雪子才意识到车旁边有人。她一惊，忙往右边看去。后排的女子赶忙拉上驾驶座和后座间的帘子，以遮挡对方的视线。

雪子降下车窗，看到一个黑色西服打扮、表情冷漠的年轻男子。他像一名严守戒律的苦行僧，浑身散发出冷峻的气息。“有件事我想问一下。”

“什么事？”雪子意识到男子是赌场的人，边说边偷偷瞄了一眼变速箱的挡位和手刹。

“想找你们除虫的话是不是打这个电话就可以？”他指着车上的广告问道。

“是啊，就按上面的电话号码打就行。”当然了，并不存在这么一家公司，按照号码打过去永远都打不通。

“网上好像查不到你们公司……”男子说着还拿出手机来摆弄了一番。

“我们没做公司主页。”

“这年头……”

“这年头这样反而更能引人注意。”话说到一半时就连雪子自己都觉得太没说服力，表情不自然起来。

男子自然也不会就此罢休，继续问道：“刚才你们在那栋公寓楼里干活了吧？”

“是啊。有人叫我们来的。”

“都偷了些什么？”

雪子嘴唇紧闭，向斜上方瞥了一眼，确认男子的脸色。男子神情依旧冷漠，说出的话却如同箭矢般锋利。

“偷？不明白你是什么意思。”

“监控录像的数据全没了，应该是毁灭证据吧？还留下一个USB闪存盘插在那里，估计就是用它动的手脚吧。”

“我听不懂你在说什么……”全被说中了，雪子暗自佩服对方判断力敏锐。

“其实今天我们事先接到了一通电话。该说是通知还是密报呢？或者应该叫忠告。”

“你说的这些跟我们有关系吗？”

“电话里说除虫公司也有坏人，让我们最好小心点，还说今天要来我们这里做事的人就很可疑，提醒我们事后最好马上检查一下，所以我们才一直等在旁边的酒吧里，以防万一。”

“真够谨慎的。”

“你也可以称我们是谨慎的一代。”

“谨慎的一代居然还相信那种匿名小报告？”

“我们也是不得已，所以才多下了些赌注——筹码分开来下注才不容易输。”

“真是小心驶得万年船。”

“请你先熄火下车。”男子语气平淡，却带有某种难以抗拒的威严，更别说他手上此时还多了把枪。

雪子叹了口气道：“明白。”她装出顺从的模样，同时快速放下手刹，猛地开车冲了出去。“好了，出发！”她握紧方向盘朝后排喊道。

久远拉开前后座之间的帘子。“我们好像暴露了？”

“肯定的。”雪子边踩油门边通过倒车镜确认后方情况。一辆黑色的车正追赶上来，车身同刚才的男子一样冷漠。“肯定暴露了。”

后车开始加速，拉近了两车间的距离。雪子变换车道后在路口左转。地图尽在脑海，她计算着信号灯的时间。

“怎么样？逃得掉吗？”久远问道。

“如果不出现重大失误的话。”

雪子再一次在路口转弯。她猛踩油门，在刚刚变绿的信号灯下呼啸而过。

目的地是成濑所在的那家店。雪子循着记忆里的路线图前进。

“哎，成濑哥来电话了。”久远说着接起了电话，“我们现在正往那边赶呢，路上不太堵……那个，雪子姐，还要多久？”

“大概一千三百秒。”

“那是几分钟啊……喂，她说还有一千三百秒。”说完久远就挂断了电话。

街景、广告牌和行道树纷纷后退。“你还是先下车比较好。”雪子对后排的女子说。

“嗯。”

接下来就是雪子和久远的任务了。事情会发展成什么样子谁都不知道，如果此时将女子卷进来就不好了。

这条笔直的马路有好几条车道，雪子迅速靠边将车停下。“辛苦你了，帮了我们大忙。”久远道谢，同时替女子拉开车门。女子头也不回地迅速离开现场，雪子能感觉到她的干练，该做的事情做得都很到位。

雪子再次发动汽车，变换至右侧车道时久远刚关好车门。

“后面的车不见了。”久远回头看了一眼道，“是不是已经甩掉它了？”

“应该没有拉开那么远的距离。估计是绕到了别的路上，想出其不意再冲出来。”考虑到刚才的车距和道路情况，车子凭空消失确实不正常，所以对方应该是打算从别的路上冲出来包抄。

“我坐到这边来吧。”久远像在玩洞穴攀岩一般从后排爬至前排副驾驶位置。

车子驶过了两个路口。

“安全带。”雪子边打方向盘边说道。

久远身子一歪，嘴里连道“好险好险”，赶忙系上安全带。

又行驶了一会儿，前方再次出现路口，信号灯正如雪子预计的那样是绿色的，但是一辆黑色车子从路口右侧冲了过来，迅速逼近。

“果然还是来了。”

“他们是怎么追过来的？”

“再次见面的感觉倒是不错。”

雪子前行方向的信号灯是绿色，可以想象那帮人必然是闯了红灯追过来的，现在也完全没有要减速的迹象。

雪子继续加速。

黑色车子在剧烈的刹车摩擦声中猛地画出一道明显的弧线，紧跟在雪子后方。

雪子随后一直按预定路线继续前行，迅速左转、右转，加速后又猛踩刹车，钻进一条小路。

“后面的车恐怕已经追不上来啦。”久远边回头看边说。

“应该还能跟上。”

“哎呀！还真的是。”

黑色车子就像一头追着猎物尾巴的食肉猛兽，兴奋的同时仍不忘屏住呼吸穷追不舍，奔跑中的脚掌几乎不全沾地。

“车子有后视镜倒还好。”

“嗯？雪子姐你说什么呢？”

“我在想动物被从后方偷袭时应该很难察觉吧，被追赶的时候如果无法把握后面敌人的位置会很吃亏。”

“要不我们找羚羊群去推销推销？问它们要不要后视镜，被追的时候很好用。”

雪子的车在信号灯变红之前驶上了大路，不一会儿她开始减速。现在是直线路段，距离下一个信号灯还有一会儿，离目的地也还远。

“咦，怎么慢下来了？”久远问道。

“调整时间。在这里停九十五秒就刚刚好。”这样就可以顺利走完剩下的路。雪子开始靠边，打开双闪灯，停车。“后面的信号灯一时半会儿还不会变，所以他们应该不会马上追过来。”

雪子没有熄火，她开始用身体内的时钟计算时间。

“雪子姐，我先下车了。”久远在车停后的第二十二秒说道。

雪子惊讶不已，想阻止时久远已经下车跑上了人行道。这样无视计划擅自行动很麻烦，她赶忙解开安全带也下了车。

“你在干什么？如果迟到就麻烦了！”雪子大声喊道，久远却没有停下。正当雪子以为久远急着要上厕所时，只见他站住了。雪子莫名其妙，又见久远走了起来，一直到人行道尽头才停在几个人面前。

“还剩三十一秒！”雪子边走边喊。

“啊，不好意思，刚才——”久远指着面前的几个人，回头对雪子说道，“我无意中看见了他们。”

久远面前站着一个捧着箱子的女子和一个小男孩，应该是一对母子。“是在募捐吗？”

“我女儿做手术急需钱。”女子小心翼翼地说道，同时递过来一张宣传单，上面写了女儿的病情以及在国外做手术的必要性。“如果可以的话……”

“我姐姐，她生病了，可是又没有钱。”小男孩天真地说道。他差不多正是上幼儿园的年龄，应该是必须做手术的少女的弟弟。“还被坏叔叔骗了。”

“那不算被骗哦。”母亲安慰孩子道。她面色苍白，显然已经很累了。

“还剩十三秒！”

“能在这里相见也是缘分，这个给你们吧。”久远从口袋里掏出一张纸片状的东西塞进募捐箱，看上去并不像是钞票。

“还剩七秒！那是什么？”

“足球彩票。如果真中了，你们就拿去用，不用客气。”

久远向这对茫然的母子告别，道了声“再见”。

已经超出了预定时间。雪子坐进驾驶座，等久远一上车就踩下油门。

“时间刚好？”

“稍微过了点。”算了，应该问题不大，雪子心想。

她看了一眼倒车镜，黑色车子离他们很近。

雪子狠踩油门试图甩掉后车。“一会儿到了那家店的对面……”

“我就下车。”

过了信号灯之后，车道变成了三条。

雪子变至最右车道，加速。她知道后面的车又跟了上来。

前方路口亮起了红灯，而右转箭头信号灯是绿色的。雪子调节车速驶入路口，向右打方向盘，后车见状也从右转车道追了上来。

右转箭头信号灯灭了，路口的绿灯亮起。雪子果断在右转到一半时折回正前方猛踩一脚油门，直行通过。

后车见状只得急忙打回方向盘试图追上，但一下子根本无法完成，此时它刚转弯转到一半，又是在路口，挡住了其他车，一时难以移动。

雪子听到从后方路口传来的喇叭声。黑色车子被堵在了路中央。她开始减速并向左侧停靠。“接下来该怎么做你知道吧？”

“嗯，包在我身上。”久远不假思索脱口而出，给人随意的感觉，这让雪子有些担心。

“我继续引诱后面的车，再争取点时间。”

“我就在附近随便转转。”

“七百秒后你就走到那家店前面。”

“然后让他们抓住我。不就是这样吗？”

“没错。”

成濑 IX

かけーひき【駆け引き・駆引き】 ①在交涉、谈判、比赛中根据对方的行为随机应变，让事态朝对己方有利的方向发展。②在战场上随机应变地排兵布阵。

“你怎么会在这里？”成濑问四人餐桌对面的宝岛沙耶，她旁边坐着火尻。

“还不是因为如果你今天无法遵守约定，她也要跟着遭殃？”火尻嬉皮笑脸地说道。点的餐已经端了上来，他拿起勺子优雅地喝了一口汤。

“是我求他的，我希望自己也能在场。”

“‘是我求他的’，听到这种话还真是叫人心痒痒呢。宝岛沙耶居然对我撒娇呢。”这并不是火尻的真实想法，他只是想用这些无聊的话刺激对方，让其感到不快。

“那你的工作怎么办？”

“可以想办法挤出点时间来……”

火尻打断宝岛沙耶：“感觉最近你不怎么受关注，挺闲的吧？”

“没那回事。”宝岛沙耶生气地反驳道，“你别看我现在坐在这里，托你的福，我忙得很呢。”她坚称自己利用工作间隙勉强才抽出了空，还说正因为如此，只能把见面地点选在这里。

“那么成濑先生，怎么样，顺利吗？”

“那要看接下来怎么样了。”

“接下来？”

“接下来会有人把从那栋公寓楼里偷出来的资料送过来。”

“客户资料？”店里并没有其他客人，但火尻还是压低了声音，“那东西真能管用？”

“管用。”成濑回答，“我一定会想办法。”他语气坚定地补充道。

火尻看成濑的眼神，就像看着甘愿为自己粉身碎骨的手下一样，脸上浮现出满足的神情。“也是，不想办法你自己就遭殃了。”他点着头道。

“你确定报道不会登出来？”

“只要你做好该做的事。”

“你确定不会再继续纠缠我们？”

“那是当然。”

遗憾的是，火尻在说谎。成濑自然看得出来。火尻现在打算事成之后各走各的，但必要的时候肯定还会找上门来吸干他们的血。不光是表情，他说的每一句话都散发着欺骗的味道。

服务员又来上菜。见成濑面露疑惑，火尻解释道：“我早替你点好了，你还是多吃点比较好。”他将手中的叉子指向成濑，“报道万一发了出去，短时间内估计你也吃不下什么东西了。”

“会吗？”

“据说人得了抑郁症后通常会没有食欲。”

“这句话从你这种专门让人抑郁的专家嘴里说出来还真是有说服力。”

“得抑郁症的都是些心理脆弱的家伙。”

“抑郁症和心理强不强大没有关系。”

火尻可能觉得受到了侮辱，带着粗重鼻息“哼”了一声。宝岛沙耶一言不发，偶尔吃两口端上来的菜。

接下来火尻又吹嘘了一番自己写过的文章，炫耀起有多少人因为他的文章而一生尽毁。成濑则不时确认着时间。

服务员将面包端上桌时，火尻开口道：“还要多长时间？吃这顿饭的餐后甜点时间就是你的最后时限。”

“这我之前可没听说过。”

“她马上还得赶去工作呢，时间有限。”

“我可不可以要求主厨做一些比较费时的甜点？”成濑说着，掏出手机打了一个电话，对方很快接了。“你在哪里？”

“我们现在正往那边赶呢。”久远的声音有些飘忽不定，成濑猜测那是因为他正身处一辆颠簸的车里。

“大概还要多长时间？”

“路上不太堵……那个，雪子姐，还要多久？”久远在询问，“她说还有一千三百秒。”

电话挂断后，成濑复述道：“正往这边赶呢，说是还要一千三百秒。”

“怎么都按秒计算了。”火尻笑了，“那差不多是二十分钟左右。能来得及吗？”

过了一会儿宝岛沙耶才开口道：“你有没有反省过？”她似乎忍无可忍了，终于将这句话问出了口。

“反省？”火尻马上反问，不像是在装糊涂。“哦，”他继续说道，“你说自责啊。你们一定都认为我既不反省也不后悔，是一个不要脸、厚颜无耻的家伙吧？但其实我也会反省的。”

“真是那样就好了。”

“比如当我听说有人因为我的报道而辞职时，我就会反省怎么没把他整得更惨些。”火尻笑道，“最好能让他想辞职又辞不了，求生不得求死不能，慢慢受折磨才有意思呢。”

宝岛沙耶的表情明显僵硬起来。“你说的该不会是哪部漫画里坏人的台词吧？”

火尻似乎在刻意挑选一些刺激人神经的话。

“对了，我还有一件事情要说。”成濑吞下嘴里的肉之后说道。

“你可没有讨价还价的资格。”

“我知道，我只是想让你听一听。”成濑从口袋里掏出一个信封，“这里有一张票，飞往札幌的国内航班。”

“票？哦，机票啊。”

成濑点头，又从信封里抽出一张纸条。

“那又是什么？”

纸条上写了几个数字。“是经度和纬度。”

“干什么用？”

“它指向北海道的某一处土地。那里是一个小村庄，人很少，典型的人口稀少区域，不过正因如此也空出了许多住房。”

火尻皱着眉头狐疑地盯着成濑。“你到底想说什么？”

“那个村子正好适合隐姓埋名生活。”

“哦，我明白了。”火尻好像想通了什么，表情也缓和了下去，“果然是准备充分。”

“什么意思？”宝岛沙耶问道。

“证明他很清楚我写出的报道有多可怕。他打算一旦无法在此活下去就跑去那里。受到欺辱就跑去一个谁也不认识的地方苟且偷生，这也算是一种生活方式吧，不过每天都得心惊胆战度日。成濑先生，当今社会可有网络这玩意，丑闻什么的可没那么容易消失。你的丑闻会永远流传下去。”

“人的好奇心并不会持续很久。去年的热点新闻你现在还能记得多少？就算记得，最多只会觉得‘哦，还发生过那种事呢，好怀念’。”

“你的恐惧却永远存在，你会感觉总有什么东西在追着你不放。”

“只要没有惹到特定的某个人，没人追着我寻仇，就还可以接受。”

“你现在说得轻松。”火尻张大嘴吃起了蔬菜，“对了，怎么样了？应该差不多到了那多少秒了吧？”

“这事……真的就算解决了吧？”宝岛沙耶问火尻。

“这就要看成濑先生他们的表现了。说真的，我可不觉得把客户资料拿到手就能解决一切问题，所以就让我看看你们的本事喽。”

“非得今天解决不可吗？”成濑道。

“什么意思？”

“客户资料已经在来这里的路上，不过接下来我还得以此逼迫政客参与到这件事里来，要花多长时间我也不知道。”

“事到如今你还想让我再宽限时间？”

“据说截止日期这种东西，多沟通的话其实还能拖很久呢。”

“成濑先生——”火尻难掩失望地深深叹息道，“你觉得事情有你想的那么简单吗？”

“但考虑到实际情况，今天立刻让那些客户做出反应的确不现实。”

“如果是这样，你就应该设法早些把客户资料抢到手。作业做不完不能怪假期短，全因为开始得晚。”

“没错。”成濑也表示赞成，“但是出于某些原因，我们没办法更早动手。”

“什么原因？”

“动手之前必须花时间等待蜘蛛孵化。”

“蜘蛛？你胡说些什么呢？”

“你可真急躁。”

“你把我当什么了？在这个弱肉强食的世界里有数不清的对手，但我仍然活下来了，你可别不把我当回事！”

“但你负债累累也是事实。”

火尻的脸色变得很难看，呼吸也随之粗重起来。“这个问题可以解决，而且就要你们替我解决，别指望我手下留情。什么样的困境我都过得去。”

“以后可以让电视台给你做个专访。”成濑说完，连宝岛沙耶也不禁尴尬一笑。

“哼。人怎么还没来？你要是没这个能耐就算了，我回去就把报道发出去。”

“那你的债务问题怎么解决？”

“我会想其他办法。其实就在昨天我刚弄到一个明星的不雅视频，只要把它……”

“你要卖给杂志社？”宝岛沙耶问道。

“卖给他们也拿不到多少钱，现在各行各业都不景气。不过那些不想视频被公开的人肯定会不惜一切代价。”

“你是说她所属的经纪公司？”

“是明星本人，或者是她的家人。为了不让女儿的一生被毁，多少钱他们应该都愿意付，父母不都这样吗？”

他的话让成濑感到不快，与此同时成濑又意识到一个问题，于是开口道：“你能从他们那里敲诈，为什么还要找我们？”

火尻的眼里仍然满是轻蔑。“别异想天开了。你无法遵守约定，我就会动手，你知道为什么吗？”

成濑想象着火尻捏着变小了的自己，挥手扔进蚁群的场景。“因为你喜欢让人痛苦？”

“反正苦的也不是我自己。”

桌上的餐盘都被收走了，水杯里添满了水，但成濑一口都不想喝。

“行了，时间差不多到了吧？”火尻抬了抬下巴，朝餐厅入口方向示意，“甜点就要端上来了。”

“一定能赶上。”成濑说，“你数到三之前人肯定到。”

“该不会我还没数到三，你就冲出屋外，结果被乱枪打死了吧？”火尻想起看过的电影里的情节，然后极不情愿地如同配合孩子的恶作剧一般数道“一、二——”。他数得并不快，给人一种每数一个数都缓缓向前走了一步的感觉。“三——”

就在这时，桌上传来一阵声响。不光是火尻，就连成濑都被吓了一跳。

服务员不知何时走了过来，将一个盘子放到了火尻面前。“请趁食材还新鲜时品尝。”

“甜点之前还有菜没上完？这是什么啊，蘑菇？这不该是前菜吗？”火尻说罢便拿起叉子戳了起来，“怎么吃点心前还要吃前菜？数到三竟然把菜给数来了。”他蘸了蘸盘子里的酱，将菜送入口中。

“时间到。”成濑道。

餐厅的门开了，有人走了进来。店已经被包场了，进来的肯定不是普通顾客。

“终于来了。”火尻抬起头，待看清进来的男子后，表情顿时僵硬了。

那是一群身着黑色高档西服的人，是以大桑为首的经营赌场的团伙，来人包括大桑在内一共五个。

“喂，这是怎么回事？”火尻咬牙切齿地问成濑。

“我不知道，来的应该是久远才对。”成濑说着开始摆弄手机。

言谈间火尻似乎因为这突如其来的变故丧失了冷静。“哎呀，哎呀，大桑哥，”他起身僵硬地打了个招呼，“还真是巧啊。”

“一点都不巧。”大桑的语气和眼神还是一样锐利，但和当初在赌场时又有区别。

火尻很快察觉到了大桑的敌意，露出谄媚的笑容道：“哎哟，这到底是怎么一回事？”他含糊其词地应付着，将脸凑到成濑旁问道，“你到底要的什么花招？”

“我怎么敢。”成濑回答。

火尻的确早已习惯了在危急之时找寻生存之道，一副绞尽脑汁的模样。“其实正好，”他继续谄媚道，“我正好有事要告诉你。”

成濑不知火尻究竟想说什么，警惕地看着他。

“这家伙一定从你那里偷走了十分重要的东西吧？”

大桑走上前来。“没错，所以我才一路追到这里。”他的措辞和语气都很注意分寸，态度却十分强硬，眼睛狠狠地盯着火尻。

“其实我在这里就是为了拖住他，不让他逃跑。”

两人对话的同时，穿西服的男子不约而同地走到成濑他们的桌边，将众人包围。成濑、火尻和宝岛沙耶每人身边还有专人候立。

“拖住他？你说什么呢？”大桑歪了歪头。

火尻旁边的男子走到桌边，检查了一下桌上的餐盘。

“哦，我正吃饭呢，味道挺好的。”火尻战战兢兢地回答。

大桑没有理会，扭头问成濑：“这些菜是……”

“火尻专门点的。”

听到成濑的话，穿西服的男子立刻抓住火尻。宝岛沙耶发出短促的尖叫，火尻也喊道：“哎哟！这到底是怎么回事嘛，为什么要抓我？”

大桑低声命令身旁的手下：“去厨房把他抓出来。”

被摁倒在桌子上的火尻吵嚷起来：“抓出来？抓谁啊？”

看到宝岛沙耶惊慌失措的模样，成濑用眼神示意她保持冷静。此时乖乖配合才是上策。

一名男子从厨房出来，直奔大桑身旁。他就像开会时向上司报告的下属一般，说出的话却十分可怕：“厨师已经死了。”

宝岛沙耶一惊，盯着成濑。

火尻则挣扎着说道：“死了？谁啊？这是什么情况？”

“怎么死的？”大桑冷冰冰地询问身旁的男子。

“不知道。”

“哼。”大桑不耐烦地咂了咂嘴，“算他走运。”

“走运？死人走运？人都死了……到底怎么回事？”火尻一脸惊恐。

“他要是还活着，我们肯定让他生不如死。”

“为什么要让一个厨子生不如死？”

“火尻先生，理由你应该很清楚吧？”

“啊？”火尻探出身子看着成濑。

成濑无奈地耸耸肩膀。

大桑绕着桌子走了一圈，最后停在火尻身旁，看了一眼火尻的餐盘。“好吃吗？”

火尻一愣，没想到会突然被问起对菜品的感想。“口感不错，挺好……”

话音未落，大桑就狠狠地朝火尻的后脑勺打去，一切都在电光火石之间，动作快得几乎令人看不清。火尻的脸直接砸在了桌上。

大桑开口了。“火尻先生，你真是个了不起的人，跟我们这种宽松的一代完全不一样。佩服。”

“你在说什么啊……”火尻呻吟道。

“敢偷我的乌龟拿来做菜？”

“啊？”

“知道你喜欢吃山珍海味，可没想到竟然盯上了我的乌龟。”大桑喘了口气，“我没说过吗？那是我最爱的奶奶的遗物！”

久远 VII

せき—にん【責任】 ①出于某种立场而必须履行的义务。“身为领导的～。”“履行～。”②对自己做出的事承担后果，尤其指承担由失败或损失所导致的后果。“承担吃掉乌龟的～。”③根据法律规定接受一定的制裁或承受利益上的损失。

久远在餐厅后门被抓——其实被抓才是真正目的——是在大约五分钟前。

他装出一副刚从餐厅后门出来的模样，故意出现在追踪者的车旁。

“就在那里！”从车里冲出三个人将久远包围，“你小子干的好事！”他们步步紧逼，直到久远跟前。

久远自然没有反抗。他假装根本没想到对方会追来，满脸惊慌，其实被追上才是计划之中的事。打电话警告大桑“小心除虫公司”的正是久远他们，目的是引大桑一伙人来这家餐厅。

久远表现出惊慌失措的模样，按照事先准备好的内容回答。他说自己只不过是奉命行事，才从公寓里将那东西偷出来送到这家餐厅，而命令自己的不是别人，正是火尻。至于动机，久远“揣测”可能因为火尻负债压力过大，转而憎恨起债主大桑来。

“负债压力？我们可从没打算逼他还钱。”大桑面无表情地说道。

“可能他咽不下这口气吧。仇恨就是这样。”久远说道，“他好像说过打算吃了那只乌龟泄恨。”

虽然只是那么一瞬间，大桑那张没有表情、对什么都无所谓、极具宽松的一代特征的脸突然变了。“乌龟？”他瞪大眼睛看着久远，如果眼皮上有牙，甚至可能将人咬碎，令久远畏惧不已。“你是说我……”

“公寓里的那只乌龟。”

待久远反应过来，胸口已经被狠狠抓住。不知大桑那纤细的身体里哪来的力量，他一把揪起久远，这让久远几乎喘不过气。久远只得晃动身体，双手拼命去抓大桑的手，试图将其掰开。

大桑的力量之大，几乎要令久远窒息。久远勉强寻找着发声的机会，好不容易才说出了一句：“我只是被逼的。”大桑当然不会因此而松手。“我刚把乌龟送到这家餐厅，你们再不赶紧去，恐怕它就要被吃掉了。我听说是要剖开了煮着吃呢。”久远拼命地挤出如游丝般的声音说道。

大桑手上的力量终于弱了一些。久远没有放过这个机会，反复晃动着身体。他觉得此时的自己就像一只甩着湿淋淋的身体、水花四溅的大型犬。终于，他挣脱了束缚，撒开腿就跑了。

久远能感觉到有人追了上来，从脚步声判断，追在身后的应该只有一两个人，大概大桑他们觉得此时还是应该以餐厅里的事为重。

久远转过墙角，绕到大楼背后，冲上一条狭窄的马路，发现印有除虫公司广告的面包车就停在那里，于是迅速绕到副驾驶一侧上车。“刚刚好。”他说道。

雪子有些不悦，嘀咕道：“可能稍微有点晚了。”说罢发动车子，“怎么样，顺利吗？”

“现在应该在餐厅里闹翻天了吧。”

“他很生气？”

“奶奶的遗物被吃了，任谁都得发火。”

车驶上大路，连续几个右转，又回到了久远方才碰到大桑等人的位置附近。雪子将车停在路边，从车里可以看见餐厅招牌。

雪子操作着导航仪的液晶屏幕，手指快速敲击着。“这个距离应该能收到信号。”

“有画面啦！”久远喊道。

餐厅的实时情况通过无线讯号在导航仪的屏幕上显示出来。摄像头藏在成濑的衣领附近，可以说屏幕上显示的就是成濑看到的。

“拍的是哪里啊？”

“跟我当初去店里吃饭时看到的不大一样……”雪子一会儿后仰一会儿又凑近屏幕反复确认着，“我看应该是厨房。”

“是嘛。”久远点头。他也能大致猜出事情的发展情况。在餐厅里看到桌上的菜肴后，大桑必定怒不可遏，至于他究竟愤怒到何等程度、有没有完全爆发出来不得而知，但肯定是抓住火尻不放了。火尻当然一头雾水，拼命辩解，试图“洗清冤屈”。为了查明真相，大桑等人决定去找厨师问话，成濑和火尻也被带了过去，现在众人来到了厨房。大概就是这么回事吧。

一个男人倒在厨房的地板上。

“这就是大厨吧。”雪子说，“他自杀了？”

“他被迫烹饪了火尻不计后果拿去的乌龟，悔恨没能拒绝这件事，最后服毒自杀了。”

“当然也只是表面上而已。”

“还不是怕如果不这样，到时候大桑除了火尻之外连做菜的也不放过，绑架软禁、暴力毒打，最后再杀人泄恨，所以让他先自杀还……”

“算是上策。这样一来，大桑的怒火就毫无保留地全撒在火尻头上了。”

“这厨师就是……那个……牛山女士的未婚夫？”

“是，他是这家餐厅的大厨。”

正因如此，成濑才想出这一招。

屏幕上的火尻正拼命地摆手大喊：“绝对不是我干的！我为什么非得吃乌龟肉？而且刚才那玩意到底是不是乌龟还……”

这时一个西服男走上前来，将一样东西递到大桑面前道：“请看这个。”那是一块龟壳。西服男双手合拢将其捧在掌心，好似捧着一件圣物。大桑没有接过，只是静静看着，最后抹起了眼泪。

“是个好人啊，可以为了乌龟哭成那样。”久远道。

“那块龟壳……”

“当然是别的乌龟的。我找了一只已经死掉的乌龟。”

“通过田中？”

“他啊，真是什么都卖。我还拜托他把龟壳加工一下，仿造得一模一样。”久远说着又回头看向后排，问道，“对了，那只正牌龟呢？”

“刚才不是你自己放进哪个包里去了吗？”

久远转身抽出一个包拉开拉链，从中取出一只乌龟。“嘿，里面太挤了，不好意思。”久远在公寓楼里假扮驱虫工时，趁着烟雾弥漫的工夫将乌龟从水池里偷出，顶在头上，再盖上头盔藏好。“这块龟壳的特征挺明显的。”

“你如何让田中知道龟壳上的纹路长什么样？哦，上次去赌场的时候你拍照了？”

“他们不让拍照，所以我就凭记忆画了出来。”

“记忆？久远，你很擅长画画吗？”

“我擅长画动物。”

画面中的火尻诚惶诚恐，不知所措。他大概是太害怕大桑了吧，像个孩子一样哭个没完。

这时，此前负责上菜的服务员走上前来，满脸严肃地向大桑解释，极力证明主厨是如何被火尻强行逼迫、又是如何备受煎熬乃至自尽的。

“这个人是谁？”久远向雪子询问起这名男子的情况，他肯定也是为了完成复仇计划被召集来的。

“好像是酒店里负责预订房间的那个吧？他的女朋友以前跟牛山女士在同一家公司工作过。”

“大家还真是配合啊。”

“每个人都拼尽全力了，这仇此时不报更待何时？”

火尻歇斯底里地大喊道：“没有证据！”这声音连久远和雪子在车里都听得真真切切。“全都是这些家伙在陷害我！”他指着摄像头说道。摄像头装在成濑的衣服上，因此看不到成濑此刻的表情。“你们根本没有证据！”

“这证据嘛，还真就有。”久远低语，说完还发出一阵嗤笑。

“证据是怎么弄到的？”

“的确费了一番功夫。成濑哥下个命令倒是简单，我就得专程跑去东京找到跟火尻合作的编辑，借他的手机用了一用。”

“你偷来的？”

“只是暂时借用而已。”久远用那部手机给火尻打电话，以文章不好写为由找他商议。

屏幕上的服务员拿出一支数码录音笔。“证据就在这里。”他说道。火尻一脸迷茫不知那是何物，大桑则示意放出来听。

被录下来的是火尻与另一个人的对话。那个人其实是久远，但经过加工编辑之后，听上去就成了主厨和火尻的对话。

“这种不道德的事我做不出来，而且我们这里本来就不让自带食材。”可以听见主厨正竭力解释。

随后火尻的声音就从录音笔中传了出来，在厨房里回响。

“就用我给你的材料。怎么不行？你只管用我拿给你的东西好好做就行！”

从传来的画面中可以看出，厨房突然陷入一片沉寂。所有人都一动不动，火尻的脸色更难看，一句话都说不出来。过了一会儿他才哆哆嗦嗦地挤出一句：“不，不是这样的……”

录音还在继续。

“可是这只龟……都已经这样虚弱了，这也太可怜了吧。”

主厨的话音过后，火尻又继续说话了。

“与其这样苟延残喘下去，倒不如让我来给个痛快嘛。”

哎？这句话又是从哪里剪辑来的？久远歪头思索，觉得应该是成濑另行录来的。他真是个滴水不漏的人。

“呵呵，火尻先生，你还真是对吃野味情有独钟呀，有种。”大桑说道，“走吧，火尻先生。”

“要去哪里？”火尻害怕极了，他知道再怎么问也毫无意义，但还是没忍住。

大桑还在抹眼泪，似乎还有些抽泣。“我们去找个能好好料理火尻先生的餐厅。”

不知火尻是不是吓得腿软，竟当场蹲下了。

这一招还真奏效了。虽然只有那么一瞬间，但火尻还是成功地从屏幕上消失，随即从厨房溜了出去，仿佛在向众人宣布自己终于又找到了生存之路。虽然此时的他看上去就像一只四处乱窜的蜘蛛般落魄，但最终还是得以挤出人群，成功逃出了厨房，可以看出他动作之迅速连成濑都反应不过来。

“火尻也太顽强了！”久远慌了，“如果跑来这边，还得上去抓。”

久远拉开门来到车外，但看不见火尻的身影，他应该是从正门跑了。

响野 VI

ちーこく【遅刻】 错过了预定时刻。“集合时～了。”

来得太晚了。响野很着急。

他好不容易等祥子回到咖啡店才出来，但时间所剩无几，打车又怕堵车，最后只得乘地铁来到附近，出站之后一路小跑。

“你不在事情更好办，你就在这里歇歇不好吗？”祥子说道。她的话究竟是什么意思？响野完全无法理解。

目的地的位置已经在手机的地图上被标示了出来，响野盯着画面前进，可惜他原本就没有方向感，常常走错方向又折回，结果到头来还是绕了不少远路。

跟火尻的谈判也不知道怎么样了？

我不在，原本能解决的事也无法解决了。响野很有使命感，当然客观来说这是完全错误的使命感。他十分焦急，朝着牛山沙织的未婚夫经营的野味餐厅赶去。

如果由成濑主动提出在那里见面，可能会让火尻生疑，觉得是陷阱，所以见面地点是由宝岛沙耶指定的，她跟火尻解释，因为工作关系只能去那家餐厅。

在那里火尻会“吃”掉大桑最珍视的乌龟，而且还要让大桑相信乌龟真的被吃掉了。

这可能吗？响野持怀疑态度，但又觉得既然是成濑安排的，那应该是可能的。

那个人几乎能将一切都看透。

转过一个拐角后，已经可以看见餐厅的招牌了。响野停下脚步。不能气喘吁吁地出现在众人面前，气度非凡的登场才符合自己的身份。响野这样想着，调整呼吸。

好了。他朝门口迈起脚步。浪漫在哪里——正准备说出这句台词时，一名男子忽然从里面冲了出来。

“危险！”响野一扭身避让开，两人才没撞上。那名男子没做任何停留，几乎是连滚带爬地跑走了。

是火尻。他正丝毫不顾形象，跌跌撞撞地逃跑。

成濑啊，你失败啦。

你看，我不在，事情就是这个结果。

响野立即跟在火尻身后追了上去。人行道上几乎没有其他行人，这时候怎么能让你跑了呢？响野狠狠地发力跑了起来。

火尻奔跑的姿势看上去并不敏捷，但也可能是那股不要命的精神给了身体额外的力量，他和响野间的距离并不见缩短。

看到火尻就要在路口左转，响野慌了。

让他跑进小路就麻烦了。

不妙、不妙。响野在心里说道。

就在这时，不知从哪儿窜出一个小小的黑影，缠在了火尻的脚边，随即火尻失去平衡摔倒了，整个身体几乎砸到了地面上。

响野不知道究竟发生了什么，直接跑过去抓住了火尻，这时候才发现一条脏兮兮的小狗正咬着火尻的右腿，原来冲上来的黑影就是这家伙。此时它正兴奋地低吼，趴在地上不肯走开。

“你还真是倒霉。”响野说着拉起了火尻。

火尻喘着粗气，茫然地看着仍咬着自己的腿不放的小狗。

大桑等人也追了上来。他们注意到了响野，脸上浮现出一丝疑惑，但此时管不了那么多，他们立刻围住了火尻。

“你这是要去哪里啊，火尻先生？”大桑开口道。

火尻内心应该还没放弃，但身体已经完全没了力气，就这样被众人架起来拖走了。

“啊，你帮帮我！”火尻回头求响野。他并非认出了响野，只是胡乱地恳求一个碰巧在场的人而已。

“不是你让我帮我就……”响野挠头对大桑说道，“哎，等等……”

大桑被叫住后，转身问道：“干什么？”响野注意到他的眼睛是红的。应该不是哭红的吧？响野心想。

“不如也给火尻一个机会怎么样？”

“我给过他机会。”

“最后的机会。”

“什么机会？”

“这个嘛……”响野竖起食指，“给他来个友情测试怎么样？”

“你觉得这样的人会有朋友吗？”大桑表情冷漠地回答。

“就试一试嘛。”响野也明白，不用试都知道结果如何，不过他还是这样说了。

“如果失败了，火尻先生你就等着身上长蘑菇吧。”大桑冷冰冰地说道。

久远 VIII

いっ一き【逸機】 错过适当的时机，尤其指体育比赛时错过机会。
“一念之差，～。”

“那家野味餐厅的主厨今天没来？”响野问道，“我还想今天终于又能见一面了呢。”

“听说店里生意很忙，认真做事的人很少有空闲的时候。”

“那我怎么会这么闲？”

“就是啊，为什么啊？”久远面无表情，麻木地说道。

“大桑如果知道他没死，不会生气吗？”雪子看着成濑。

大家约在了酒店大堂的咖啡厅见面。跟火尻之间的种种恩怨终得了结，时间已经过去了一个月。慎一以前好像抱怨过：“大家想聊天去响野叔叔的店里不就好了？别大老远跑这里来。”雪子也答应他“会认真考虑”，但最终还是聚在了这里。

在大堂工作的慎一看到众人的身影后满脸无奈，久远看到他那模样，觉得十分有趣。

“没关系。大桑看他愿意为了乌龟而死，感动还来不及呢，最终也只会觉得他命大而已。”

“也是。”

“不过说真的，他还真敢喝那个药啊。就算喝完只是进入假死状态，我也不敢喝，就连市面上卖的药都还有副作用呢。”

“他当初觉得就算出事也无所谓。”成濑说，“他曾经说过，只要能把火尻逼上绝路，就算险遭不测他也不后悔。”

那与其说是对火尻的仇恨，不如说是对牛山沙织的执着，是痛失爱人的痛苦带给他的坚强。

其实虽然结果是现在这样，也并非就能挽回众人心中的苦痛，包括他在内。

为了不使气氛过于凝重，久远问道：“成濑哥，你准备的那张机票到最后也没用上吧？”

“哦，那个啊。”

根据餐厅里事态的发展，成濑还准备了另一个计划，即先放火尻逃到札幌的那座小村庄避难，然后再设法让大桑去追。然而火尻当时选择了夺路而逃，也就不用费这个劲了。

“对了对了，这个你们看到了吗？今天早上的报纸上登的。”

一则新闻报道说，宝岛沙耶有可能出演一部好莱坞大片。当初好莱坞某著名导演来到日本时，碰巧在电视上看到她并产生了兴趣，随后对其发出了试镜的邀约。

“哎呀，这样一来她也总算是走上了巨星之路。”

“不过话也别说太早，她还可能退出娱乐圈呢。”雪子说道。

“退出？为什么？”

“我跟她在美甲店碰面时，她说当初之所以走上偶像之路，其实就是为了这件事。”

“这件事？为了出演好莱坞大片？”

“不是，是为了向火尻复仇。她得知牛山沙织的不幸遭遇后一直难以释怀，所以才决定做艺人，为的就是找机会报仇。她觉得只要成名了，火尻就会设法接近自己，这就为复仇创造了机会。”

“就为了这个？”

“就为了这个。”

“而且火尻也的确找上她了。”

“是不是很意外？在演艺圈想成名也需要付出极大的努力，这是不是也算她的付出终于得到了回报呢……”

“我就喜欢这种。”响野开心地轻轻鼓起掌来。久远不解，不知他说的“这种”究竟是哪种，接着响野得意扬扬道：“其实这栋楼当初就是为了这次犯罪才盖的！我啊，就喜欢这样的情节发展。”

成濑一副实在难以理解的表情摇着头，无意间发现久远也正做出同样的动作。

“对了，那只乌龟怎么样了？现在是你在养吧？”

“很可爱啊。虽然很对不起大桑先生，不过正因如此，我一定会加倍爱护它。它现在在我家的鱼缸里可精神呢。”

“久远，你小子的家到底在哪里？”

“秘密。哎呀，这次的事能顺利解决真是太好了。大厨复活了，也没给宝岛沙耶惹上麻烦，乌龟也很健康。”

“我也很健康。”

“你怎么样都无所谓。还有那条流浪狗竟然也被找到了，虽然比我想象中还暴躁。”久远说完，发现成濑正专注地读着手上的报纸，面露难色。“怎么了成濑哥？”

“唉，估计回单位后大家都要谈起这件事。”成濑为难地说道，

"所以我想先收集些信息。"

"单位？"

"现在大家都知道我是宝岛沙耶的粉丝，一有什么事就跑来跟我聊。"

"是吗？"久远试着想象永远沉着冷静的成濑在单位被问起"你看了宝岛沙耶的那部电视剧没有"时不知所措的模样。"你就不能否认一下，说自己并不是她的粉丝吗？"

"那样我又觉得对不住宝岛沙耶。"

"你总是板着脸，给别人留一个这样的话题也不错，这样下属也会觉得你比较好相处。"

"我也是这么想的，所以才打算尽量跟他们多聊聊。"

"也不知你这算是对工作认真负责还是什么。"雪子笑了。

"对了，那个女孩子怎么不在？"久远在咖啡厅里来回看。之前在这里打工的女服务员这次也协助了久远等人的行动。"她可帮了我大忙了。"

"她好像把这里的工作辞掉了，之前听慎一说过。"

"可惜，我还打算让她代替响野哥加入我们呢。"

"不好意思啊久远，早料到你会这样讲了。"

"早料到了？谁？"

"成濑。"

"那为什么响野哥你说得这样自豪？"

不一会儿，轮休的慎一走了过来，一脸不悦地说道："你们可别在这里坐太久。"

"你坐下。"响野不容分说地拉过慎一的手，就像酒桌上纠缠部下的上司，"慎一，我有件事要问你。"

“什么事？”

“你在驾校认识的那个女孩子，有没有跟人家发短信聊聊啊？”

“嗯？”慎一的脸突然变红，随之板了起来，“为什么又提这个？”

“行啦，你告诉我吧。你收到人家的短信了吧？”

慎一叹了口气，似乎放弃了抵抗。“可惜没及时回，后来就一直也不好回复，这都过去半个月了。事到如今……”

“半个月可够久的。”成濑说。雪子则面无表情地喝着咖啡。

“哎，你就说太忙了没来得及回复不行吗？”

“久远啊，你小子真是什么都不懂，那样会显得对人家没兴趣，肯定不行啊。”响野批评久远。

“说你去国外了呢？”雪子道。

“雪子啊，现如今就算人在国外，看个短信啊邮件什么的都没问题。”

“明明连你自己都没去过国外。”久远笑道，“响野哥，如果是你，你怎么说？”

“啊？嗯……”响野清了清嗓子，“我嘛——”他稍作思考后说道，“要是我就说‘终于回到地球了’这类话。”

“什么意思？”成濑认真地问道。

慎一和雪子不愧是母子，连苦笑时的表情都一样。

“这样会让人觉得的确没办法回复。第一句这样写挺好。”

“我说慎一，你以后可千万不能成为这样的人。”久远指着响野道。

“嗯。”慎一点着头，好像在说“不用提醒我也知道”。“哦，我想起一件事，跟这个没关系的事。”

“没关系的事就别提啦。”响野表示抗议。

“最近在酒店业界流传着一件怪事，大家都说得跟真的似的。”

“什么啊？”

“什么怪事？”雪子问。

“说是在深夜的酒店里，有怪人拿着糖果出现，而且一旦被人发现就会立刻消失。”

“哦——”久远偷偷瞥了一眼雪子，“应该不会害人吧？”

“不害人，但是好像会破坏电脑、窃取个人隐私什么的，听说生气的时候还拿糖果砸人呢！”

久远一时不知该说什么好，最后只勉强挤出一句来：“这种事从来都是添油加醋，越传越夸张啊。”

“添油加醋？”慎一歪着脖子问道，“怎么说？”

成濑朝服务员挥了挥手，示意再来一杯咖啡。

后记

我在创作时一直有一个想法，就是尽量写“让读者猜不到”的故事，尽可能地避免模式化（其实很多时候也就一个模式），创作一些自认为新鲜的故事。比如说《死神的精确度》和《死神的浮力》、《杀手界》和《杀手界.疾风号》，虽然作品中的世界是相通的（接下来也准备再写一些），但也仅限于使用了相同的世界观构造，我自认为还是写出了并不相同的故事。如果被简单地认为是续集或者系列作品，我个人会感到些许落寞，这是事实。

然而，“阳光劫匪”则不同。亲密的伙伴们一如既往，叽叽喳喳吵吵嚷嚷地聊天，卷入一场风波，这种周而复始就是阅读时最有趣的地方。自上一部《阳光劫匪日常与袭击》算起已经过去九年，如今以这样的形式完成，我也松了口气。

可能这九年里我的个人喜好也发生了巨大改变，重读过去的两部作品时，有几个地方也觉得别扭，不知道当初为什么那样处理，所以在这部作品里，有些要素果断改动，有些要素则保持原样延续了下来。更进一步说，我对“抢劫银行是犯罪，将其写得过分愉快是不是真的好”这一最基础的部分也产生了疑问，于是最初创作时将故事设定为劫匪们都不再年轻，已经从这一行金盆洗手，但是总感觉写得不顺，最终还是做出了妥协，改为“在这个故事当中，他们还可以不受惩罚地去抢劫银行”。

在书名里加入“三”这个字，[①]是执笔之初就决定的事。让读者一眼就看出这是系列的第三部，这样也显得亲切，更重要的是我自己记起来也很方便。也是出于偶然，第二部的标题里有“日常”[②]这个词，光从发音上来说，也算是有个“二”了。

和其他的作品一样，有很多人想要感谢。而在这本书中必须要感谢的，是九年来一直没把当初用在封面照片里的那个头套扔掉的设计师松先生，谢谢您。

时隔九年的系列第三部，时光荏苒，我在写的时候仍只想着读起它来感觉是快乐的，只希望读者能从中找到乐趣。

作品中关于咖啡的部分，最初是因为从书店员工那里听来的话使我产生了兴趣，随后参考了《世界食物百科》（Maguelonne Toussaint-Samat 著，玉村丰男 译）这本书。各章节的字典词条以《大辞林》和《大辞泉》为基础改编，每章开始部分的谚语是英文谚语的日译。另外，人们常说的“toto”即体育振兴彩票，是不允许转让所有权的，恳请各位读者将作品中的彩票理解为纯属虚构。

①本书日语书名为“陽気なギャングは三つ数えろ”。

②日语中“日常”的“日”与“二”发音相近。

图书在版编目（CIP）数据

阳光劫匪友情测试 /（日）伊坂幸太郎著；代珂译
．-- 海口：南海出版公司，2018.8
（伊坂幸太郎作品）
ISBN 978-7-5442-9278-8

Ⅰ．①阳… Ⅱ．①伊… ②代… Ⅲ．①长篇小说－日本－现代 Ⅳ．①I313.45

中国版本图书馆 CIP 数据核字（2018）第 073508 号

著作权合同登记号　图字：30-2017-115

阳光劫匪友情测试
〔日〕伊坂幸太郎 著
代珂 译

出　　版　南海出版公司　（0898）66568511
　　　　　海口市海秀中路 51 号星华大厦五楼　邮编 570206
发　　行　新经典发行有限公司
　　　　　电话（010）68423599　邮箱 editor@readinglife.com
经　　销　新华书店

责任编辑　张　锐
特邀编辑　崔　健
装帧设计　韩　笑
内文制作　田晓波

印　　刷　河北鹏润印刷有限公司
开　　本　850 毫米 ×1168 毫米　1/32
印　　张　7.5
字　　数　167 千
版　　次　2018 年 8 月第 1 版
印　　次　2018 年 8 月第 1 次印刷
书　　号　ISBN 978-7-5442-9278-8
定　　价　49.50 元